KB078438

千米신교
낙양지부

천마신교 낙양지부 2

정보석 新무협 판타지 소설

초판 1쇄 찍은 날 §2017년 6월 20일
초판 1쇄 펴낸 날 §2014년 6월 27일

지은이 §정보석
펴낸이 §서경석

편집책임 § 이선근
편집 § 최하나

펴낸곳 §도서출판 청어람
등록번호 §제387-1999-000006호
등록일자 §1999. 5. 31
어람번호 §제2-2712호

주소 §경기도 부천시 원미구 부일로 483번길 40 서경B/D 3F (우) 420-822
전화 §032-656-4452 팩스 §032-656-4453
http://www.chungeoram.com
E-mail §chungeorambook@daum.net

ISBN 979-11-316-91371-6 04810
ISBN 979-11-316-91369-3 (세트)

2

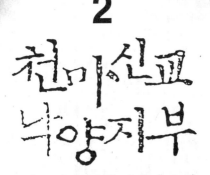

천미신교
낙양지부

정보석 新무협 판타지 소설

FANTASTIC ORIENTAL HEROES

도서출판 청어람

數 神 慶 丁
影 文 陽 酌

천미신교
낙양지부

目次

제육장(第六章)

검을 한 번 휘둘렀을 뿐인데 마치 폭약이 터진 듯했다. 피월려는 직접 눈으로 강기(罡氣)를 보았다는 그 자체만으로 온 몸의 뼈마디가 떨리는 것을 느꼈다. 강기는 중원 어디서든지 누군가 온 힘을 다해 딱 한 줄기만을 뽑아낸다 하더라도, 사람들에게 절정고수니 대협이니 하는 소리를 들을 수 있을 정도로 지고한 경지의 기술이다. 그런 것을 마치 검기처럼 수월하게 뽑아내는 진파진의 위엄은 피월려의 뇌리에 강렬하게 각인되었다.

그때, 쓰러지는 나무에서 검을 든 세 명의 복면인이 튀어나왔다.

"세 명? 이상하……."

진파진은 더는 말을 잇지 못했다. 그 복면인들이 별다른 착지 동작도 없이 땅에 닿자마자 그를 향해 쏘아졌기 때문이다. 마치 화살을 시위에 걸고 당기지도 않았는데 떠나는 듯했다.

오 장 정도의 거리가 완전히 좁혀질 때까지 세 복면인은 도합 스물네 번 검기를 쏘아 보냈다. 눈 깜박하는 순간 보법을 전개하여 쏜살같이 다가오는 것도 모자라서, 한 사람당 여덟 번 검기를 뽑아낸 그 실력은 그들의 검공이 얼마나 위력적인가를 잘 대변하고 있었다.

그 검기들은 마공의 영향을 받아 반투명하고 엷은 검붉은 빛을 내었다. 마공에는 생각할 수도 없이 기상천외한 수법이 담겨 있는 경우가 많았는데, 그 검기에 당하면 무슨 일이 벌어질지 아무도 장담할 수 없었다.

그뿐만이 아니었다. 검기의 속도와 신형의 속도가 묘하게 맞물려 진파진의 시선에는 한 번에 수십 개의 검기가 날아오는 것처럼 보였다.

찰나의 순간에 눈앞에서 쏟아지는 스물네 개의 검기를 피하는 것은 차라리 밤하늘의 별빛을 피하라는 것과 진배없다. 하늘을 가르고 땅을 쪼개는 조화경의 고수라 할지라도 그러한 일은 불가능하다.

하지만 진파진은 지극히 무표정한 얼굴로 황룡검을 나뭇가지 다루듯 부드럽게 움직였다. 그러자 그가 든 황룡검이 진동하며 검신 자체가 반투명해졌다.

피월려는 놀라서 자기도 모르게 외쳤다.

"어기충검(御氣充劒)!"

외가기공은 무형의 기를 어떤 매개체에 주입하는 것을 가능하게 한다. 이를 내력이라 하는데, 무림인은 이 내력을 병장기에 불어넣어 마치 무게를 늘린 것과 같은 효과를 만들어낼 수 있다. 가벼운 검으로 쇳덩어리의 파괴력을 만드는 것이다.

그러나 각 매개체는 고유의 한계가 있다. 이를 넘어서면 점차 포화 상태에 이르러 폭주하게 되고, 그렇게 의지를 벗어난 내력은 굶주린 곰과 같이 적도 아군도 없이 흉포해진다.

물론 상상할 수도 없는 놀라운 정신력으로 이런 불안정한 내력까지도 다스릴 수 있다면 매개체 자체에 초진동(超振動)이 시작된다. 그것은 검기와 같은 수준의 위력을 가지고 있지만, 내력이 밖으로 소모되는 것도 아니고 한순간에 사라지는 것도 아니다. 즉, 지속적으로 검기를 들고 쓰우는 것과 같게 되는 것이다.

무림인은 이것을 어기충검이라 칭한다.

아름답기까지 한 황룡검이 반투명한 몸을 뽐내며 금빛 춤을 추자, 불길한 기운을 품은 스물네 개의 검붉은 검기는 얼음처럼 모조리 조각조각 깨졌다.

피할 수 없으니 어기충검으로 모조리 막아낸 것이다.

그런데 문제는 그 검붉은 검기들이 자연스럽게 소멸하지 않고 깨졌다는 데 있었다.

날카로운 유리보다 그 파편이 더욱 위험한 것처럼, 수백 개의 칼날이 된 검붉은색의 검기 파편은 옆에서 싸움을 지켜보던 피월려조차 숨 가쁘게 움직여야 할 정도로 사방으로 퍼졌다. 심지어 그 검기를 쏘아 보낸 세 명의 복면인들에게도 쏘아졌는데, 그들은 피할 생각도 하지 않고 각자의 검으로 진파진의 인중과 명치, 그리고 단전을 노렸다. 자신의 생명을 내걸고 상대의 목숨을 취하려는 전형적인 동귀어진(同歸於盡)의 수법이다.

그렇게 수백의 작은 검기와 요혈을 노리는 세 개의 검이 진파진의 몸에 닿기 일보 직전, 진파진의 몸에서 황금색의 기운이 뿜어졌다.

"크아악!"

먼저 세 개의 검이 모조리 부러졌고, 복면인들은 벽에 부딪친 것처럼 뒤로 물러서며 하나같이 입으로 피를 뿜어내었다. 그리고 검붉은색의 검기 파편 또한 황금색의 기운에 묻히며 그 존재조차 사라졌다.

육신을 매개체 삼아 온몸으로 강기를 뿜어내는 호신강기(護身罡氣)가 바로 진파진의 몸에서 시전된 것이다. 호신강기는 반탄지기와 같은 것이나 단순히 기만 뿜어낸 것이 아니라 강기로 뿜어낸 것이기에 물리적인 속성까지 더해져 검이나 적 자체를 튕겨 버릴 수 있다.

피월려는 놀랄 새도 없이 진파진의 등에 있는 진설린의 상태가 가장 염려되었다. 성한 채로 데려가야 하는데, 강기의 벽에 가장 직접적으로 닿았을 그녀의 몸이 성할 리가 없었기 때문이다.

그런데 의아하게도 진설린은 전과 전혀 다를 바 없이 진파진에게 업혀 있었다. 진파진의 몸과 같이 그녀의 몸에서도 금색의 기가 은은하게 뿜어지는 것이, 진파진은 그녀 또한 자신의 몸이라 생각하고 또 다른 강기를 덮어 조절한 것이다. 폭풍 같은 기운에도 진파진의 옷가지에 아무런 영향도 없는 것과 같은 이치였다.

호신강기는 엄청난 내공을 갉아먹는 강기보다 한 차원 더 극심한 내공 손실을 초래한다. 그 순간에는 무리한 내공의 운용으로 온몸의 내력이 증발하다시피 사라질 뿐만 아니라, 단순한 통로 역할을 한 근골조차 내력의 엄청난 체중과 폭주를 감당하다 못해 지치고 상처를 입는다.

그런 상황에서 진설린에게까지 신경을 쓰며 그 위기를 모면

한 진파진의 무공과 정신력은 이루 말할 수 없이 고강한 것이었다.

그런데 그때, 하늘에서 검은색의 물체가 진파진의 정수리를 향해 직각으로 추락했다. 그 속도가 매우 빨라 진파진은 그것이 무엇인지 파악할 수 없었다. 대신 재빨리 양손으로 검을 들곤 내력을 불어넣었다.

황룡검과 그 검은색의 물체에서 솟아난 촉수 같은 것이 충돌했다.

쾅!

눈으로 쫓을 수 없는 그 속도에 담긴 모든 힘이 진파진을 통해서 땅으로 전달되었다. 그가 서 있던 땅이 거미줄 같은 형상을 만들며 갈라졌다.

피월려의 눈에 들어온 그 검은 물체는 다름 아닌 짧은 머리에 주근깨가 돋보이는 사나이, 바로 천마신교 낙양지부의 오대주 나지오였다. 흑의를 입고 복면을 썼어도 그의 유독 작은 키와 두 개의 긴 장검으로 피월려는 그를 단번에 눈치챌 수 있었다.

황룡검에 의해서 막힌 그 촉수 같은 것은 나지오의 쌍검이다. 그 검은 건장한 사내의 신장보다 더 길어보였다.

특이한 점은 나지오가 좌검(左劍)을 역수(逆手)로 쥐고 있는 것이었는데, 그 길이 때문인지 마치 사마귀가 왼쪽 갈퀴를 드러낸 것과 같은 형상이다. 또한 오른손으로 쥔 장검은 하늘 높이 쳐들고 있어 등에서 솟아난 등뼈처럼 보였다.

그의 쌍검은 모두 붉은 검신에 붉은 기운이 은은하게 도는 것이 눈길을 빼앗는 마기(魔氣)가 있었다. 피월려가 전에 보았을 때는 회색의 보통 검과 다르지 않았으나, 지금 나지오가 들고 있는 그 검은 붉은색의 기운을 품은 것뿐만 아니라 그 검신의 색조차 붉은 것이 확실했다.

쌍수(雙手)로 황룡검을 들고 위로 막는 진파진, 우검(右劍)을 위로 쳐들고 역수(逆手)로 좌검(左劍)의 검날을 아래로 향한 나지오.

그들은 서로의 검이 닿은 상태로, 누군가 그림을 그리고 공중에 못으로 박았다고 해도 좋을 만큼 완전히 정지해 있었다.

흡사 나지오의 몸이 무게를 모르는 듯했다.

나지오의 입가가 진하게 일그러졌다.

"낙양제일미를 데리고 오다니 수고를 덜어주셨군."

진파진이 나지막하게 물었다.

"네가 린아를 짐혈하였느냐?"

"글쎄? 모르겠는데, 젊은 늙은이."

진파진의 황룡검과 나지오의 적색 장검이 서로의 내력을 제압하려 했고, 적색 기운과 금색 기운이 이글거리는 불처럼 씨름하며 주변 공기를 끓게 했다.

호신강기를 펼친 직후라 그런지 처음에는 나지오의 붉은 검기가 우세하여 황룡검의 칠 할까지 덮었다. 그러나 내공이 무한하며 그 깊이가 바다와 같은 조화경의 고수 진파진의 검기가 서서히 붉은 검기를 밀어내기 시작했다.

나지오는 미련 없이 왼손에서 힘을 빼며 오른손으로 하늘에 치솟듯 올린 검에 쾌의 묘를 담아 검기를 주입할 시간조차 절약하여 재빠르게 진파진의 어깨를 공격했다. 설마 그대로 대치 상태를 포기해 버릴 것이라 생각하지 못한 진파진은 즉시 내공을 모두 발꿈치로 돌려 보법을 펼치며 뒤쪽으로 물러섰다.

하지만 나지오의 적색 장검은 상당히 길었다.

피슷.

그 단순한 사실이 진파진의 왼쪽 어깨에 작은 검상을 남겼다. 붉은색의 피가 연기처럼 뿜어지며 그의 등 뒤에 업힌 진설린의 볼을 적셨다.

보통 무림인이라면 팔이 절단되었겠지만, 조화경의 고수의 외피는 금강불괴와 같아서 검기가 없다면 그 피부조차 베기 어렵다. 그 정도의 상처를 남긴 것도 웬만한 검술로는 불가능하다.

나지오는 오른 손아귀로 살을 베는 느낌을 받고 속으로 미소를 그리며 음양폭마검공(陰陽爆魔劍功) 양마주입(陽魔注入)을 시전했다. 그 뒤에, 즉시 우검을 땅에 박으며 탄력을 받아 몸을 뱅그르르 돌리면서 진파진과의 거리를 벌렸다.

그리고 그대로 숲속으로 사라지며 진파진을 흘겨보았다.

"이제 시작이야! 큭큭큭."

자기보다 실력이 한참이나 떨어지는 자에게 상처를 입었다는 사실에 자존심이 상한 진파진의 얼굴에 진한 내 천 자가 그려졌다.

"마졸 따위가!"

순식간에 다섯 개의 황룡이 황룡검에서 나왔다. 그리고 나지오가 사라지는 방향으로 연거푸 뿜어졌다. 황룡이 나무에 가로막힐 때마다 번개가 친 것 같은 폭음이 숲 전체를 울리면서 흔적도 없이 불태웠다.

그렇게 총 다섯 번의 굉음이 울리고 나자 반경 칠 장에 부채꼴 모양의 공터가 생겨났다. 나지오의 흔적은 보이지 않았다. 진파진은 검은색의 천 조각이라도 찾으려고 날카로운 눈빛으로 그곳을 훑었으나 먼지와 쓰러진 나무 외에 아무것도 찾을 수 없었다.

그때 왼쪽과 정면 오른쪽의 상하로 총 여섯의 복면인이 몸을 드러냄과 동시에 검기를 뿌렸다. 다행히 전처럼 거리를 좁히면서 검기를 쏘아 보낸 것이 아니기에 시간적인 간격이 조금씩 존재했고, 진파진은 그 틈새 간의 존재하는 생로를 놓치지 않았다. 진파진은 용안으로 움직이는 피월려조차 흉내 내기 어려운 곡예를 보여주며 그 검기 다발을 모조리 피해냈다.

그가 황룡검을 들어 반격하려는 찰나, 또다시 나지오가 하늘에서 뚝 떨어졌다.

"두 번이나 당할까!"

진파진이 발끝을 세워 비틀자 대지가 쓸리면서 그의 몸이 회오리바람처럼 돌았다. 그러자 그 주변의 기류가 소용돌이에 흡수되는 바닷물처럼 진파진을 중심에 두고 세차게 맴돌았다.

황룡무가에는 황룡검주라는 칭호를 받는 이만이 익힐 수 있는 비전이 있다. 사실 황룡무가의 무공은 이 비전을 쉽게 가르치기 위해서, 혹은 몸과 마음을 준비시키기 위해서, 혹은 살기와 혈향을 배제하기 위해서 발전한 교육 방법의 부산물에 불과했다.

오래전 입신에 들어선 황룡무가의 시조는 자신이 창안한 이 무공을 위해서 황룡검을 제작하였다. 그리고 그 황룡검 속에 이 검공을 숨겨 대대로 전해지게 하였다. 하남성을 군림한 황룡환세검공(黃龍還世劍功)이 지금 제이십사대 황룡검주 진파진의 황룡검에서 펼쳐졌다.

황룡검이 다시금 진한 금빛으로 물들며 황룡환세검공 승천(昇天)이 펼쳐졌다. 바람의 소용돌이 속에서 황룡검에 양각된 황룡이 승천하였다.

황룡은 그 과정에서 단순히 나지오를 지나갔을 뿐이다.

"크아악!"

나지오의 비명은 귀를 찢는 듯한 바람 소리조차 뚫어버릴 정도로 컸다. 그가 입고 있던 흑의는 모두 넝마가 되어 날아갔고, 머리부터 발끝까지 온몸에는 실핏줄과 같은 검상이 가득했다. 입에서는 붉은 피가 두 줄기 흘러나왔고, 온몸에 난 수많은 잔상을 통해 혈액이 조금씩 토해지고 있었다.

그나마 순간적인 반탄지기로 몸을 보호했기에 이 정도의 상처로 그친 것이다. 만약 맨몸으로 검강의 집약인 황룡을 맞았더라면 그대로 고깃덩어리가 됐을 것이다.

그런데도 나지오는 검을 멈추지 않았다. 아니, 정확히 말하면 황룡 때문에 속도가 반감되어 공중에서 몸을 움직일 수 없는 상태여서 그대로 있다가는 목이 날아갈 것이 분명하기에 억지로 검을 움직였다는 말이 맞다. 다행히 지금까지의 경험과 수련 덕분인지 이 긴박한 상황에도 나지오의 검끝은 흔들리지 않았다.

일 장보다 조금 모자라는 그 묘한 거리는 나지오의 상섬의 검경에 들어가지만 황룡검의 검경에는 조금 못 미쳤다.

나지오가 역수로 든 좌검이 진파진의 목을 향해 매섭게 날아들었다. 진파진은 황룡검을 품으로 가다듬고 검기를 담아 나지오를 향해 찔렀다. 내력을 물 쓰듯 쓸 수 있는 조화경의 고수, 진파진은 그 엄청난 검강을 내뿜은 직후에도 너무나 쉽사리 검기를 뿜어낼 수 있었다.

날카로운 비수가 되어 날아오는 반투명한 황금빛 검기에 나지오는 무의식적으로 우검에 붉은 검기를 실어 베었다.

두 검기가 닿자, 나지오의 검기가 닿는 순간에 모조리 소멸하여 그 흔적도 찾아볼 수 없게 되었다. 그러나 진파진의 검기는 방향만이 틀어졌을 뿐 그 기세는 하나도 변하지 않았다. 같은 검기라 하나 격이 다르기 때문이다.

금색 검기가 나지오 바로 옆으로 날아가 땅에 박혔다. 나지오는 동시에 좌검을 휘둘러 기적적으로 진파진의 목을 공격할 수 있었다.

하지만 상황은 좋지 않다. 나지오의 내력은 반탄지기와 검기 때문에 즉시 밑바닥을 보였고, 그 통로 역할을 한 기혈 역시 들끓기 시작했기에 그의 좌검에는 작은 내력조차 담겨 있지 않았다.

아무리 날카로운 철검도 검기가 없다면, 하다못해 내력도 없다면 금강불괴인 진파진의 몸에서 튕겨 나올 수밖에 없다. 그러나 기이하게도 나지오의 좌검은 금강불괴인 진파진의 목에 상처를 만들었다. 손톱만 한 크기지만 상처는 상처다.

내력이 없음에도 금강불괴와 같은 피부에 상처를 낼 수 있었던 이유는 평소에 나지오가 그 검을 검집에도 넣지 않고 허리에 달고 다니는 데 그 이유가 있다. 그것은 그 검의 특이한 재질 때문에 이 세상의 어느 검집도 그 예기를 감당하지 못하기 때문이다. 또한 그가 좌검과 우검을 두 사람이 다루듯, 완전히 별개로 다스릴 정도로 오랜 시간 동안 갈고닦아 온 그의 검술도 한몫했다.

나지오는 그의 검이 그에게 속삭이는 것을 느꼈다. 주인의 도움 없이도 금강불괴에 상처를 내었다고 자랑하는 것 같았다.

나지오는 얼굴을 찌푸렸다.

'이 녀석아, 알았다고.'

지독한 고통과 함께 나지오는 바닥을 드러낸 내력을 억지로 끌어올려 음양폭마검공(陰陽爆魔劍功) 음마주입(陰魔注入)을 시전했다.

"크윽."

단전의 바닥을 박박 긁어내니 엄청난 고통이 몰려왔다. 단검으로 배를 난자당한 것 같은 그 고통은 무인의 정신력으로도 버티기 어려운 것이었다. 수많은 심상과 내상을 입고도 마지막까지 내력을 끌어올려 음마주입까지 성공했으나, 그 대가로 시야가 흐려지고 있었다.

눈꺼풀이 스르르 감기며 나지오는 정신을 놓았고, 그 때문에 다리에 힘이 빠져 자세가 흔들렸다.

진파진에게는 이처럼 좋은 기회가 없었다. 그러나 그는 목에 닿은 예기로 인한 죽음의 공포로 순간적인 정신 공황에 빠졌다. 설마 이번 일로 죽음을 느끼리라고는 전혀 생각하지 못했기에 그의 얼굴에는 핏기가 완전히 가셨다.

그의 손아귀에서는 황룡검이 미끄러졌다. 하지만 입신의 경지에 올라 금강불괴를 이뤘다는 생각이 머리에 미치자 재빨리 힘이 빠진 아귀로 황룡검을 붙잡았다.

'만약 금강불괴가 아니었다면 목에 치명상을 입을 수도 있었다.'

진파진의 눈빛에서 살기가 감돌았다. 애송이 따위에게 죽음을 느꼈다는 것 자체가 그를 분노케 만들었다.

그때, 도합 삼십이 넘어가는 복면인이 전 방향에서 쏟아져 나와 진파진을 향해 검을 세우고 돌진했다. 그들은 각양각색의 검기를 쏘았고, 그것은 충분히 진파진의 육신을 상하게 할 수 있는 수준의 것이었다.

진파진은 하는 수 없이 황룡검을 하늘 높이 들었다가 땅에 박으며 황룡환세검공 지진을 시전했다.

그의 반경 반 장 안의 땅이 갑자기 황금빛으로 물들었다. 그리고 지진이라도 난 듯 쩍 갈라지더니 자욱한 먼지를 일으켰다. 그러자 날아가던 검기들이 황금빛 먼지 속으로 사라져 아무런 격타음도 들리지 않고 소멸하였다.

진파진이 시전한 지진은 땅에 흐르는 자연의 기와 소통하여 검막(劍膜)을 생성한다. 검막은 검기와 비슷하나 검날이 아닌 검면으로 발경하여 넓은 막과 같이 생긴다. 따라서 수비적으로 사용하기 좋은데, 황룡환세검공의 지진은 그러한 효과를 극대화시킴과 동시에 몸을 숨길 수 있다는 장점이 있다.

진파진은 황룡환세검공의 지진이 일으킨 검막과 흙먼지 속에서 눈을 감고 기감으로 다가오는 검을 파악하려 했다. 마교인이라면 무엇이 도사리고 있을지 모르는 흙먼지라고 해도 지체하지 않고 돌진할 만큼 간 큰 놈들이라 생각했기 때문이다. 그런데 정작 먼지가 모두 가라앉을 때까지 누구도 진파진을 공격하지 않았다.

그가 눈을 떠 주위를 보니 처음 공격했던 세 명의 복면인부터 나지오까지 핏자국만을 남겼을 뿐 모두 사라진 뒤였다. 진파진은 애초에 그들의 목적이 그를 공격하는 것이 아니라 나지오를 데리고 후퇴하는 것임을 깨달았다.

진파진은 황룡검을 내려놓지도 못하고 황룡검의 자루 끝으로 왼쪽 어깨를 툭 치며 줄혈 무위를 섬혈했다. 그의 눈이 미세하게나마 떨리고 있었다.

"자만은 곧 죽음이다."

진파진은 무림인들의 절대적인 법칙을 작게 중얼거렸다.

아무리 입신의 고수라 할지라도 그도 역시 무림인(武林人)이다.

피월려는 땅을 응시하는 진파진의 눈빛이 변한 것을 느꼈다.

눈빛뿐만 아니라 그의 기 또한 무언가 바뀌었다. 마치 콸콸 흐르는 상류의 강물에서 잔잔하게 흐르는 고요한 바닷물로 변한 것 같았다.

긴 시간을 침묵하던 진파진이 나지막하게 말했다.

"젊은 늙은이라……. 노부가 누구인지도, 그리고 조화경을 이룩했다는 것도 모두 아는 한마디군. 그렇다면 이 천라지망은 단순히 침입자를 위한 것이 아니라 조화경을 이룩한 노부를 확실하게 노리고 만든 천라지망이라는 뜻이지."

피월려는 진파진이 신묘한 말로 천라지망의 첫 감상을 표현할 줄 알았지만, 뜻밖에도 너무나 현실적인 말을 꺼낸 순간 당황했다. 그는 속으로 노심초사하면서 냉철하게 머리를 굴렸다.

"제 생각으로는 낙양제일미를 미끼로 어르신을 유인하려는 계책이 아닌가 합니다."

진파진이 고개를 끄덕였다.

"노부의 생각도 그렇다고 보네. 아마 린아를 이곳의 중심에 놓고 천라지망을 펼쳐 노부를 죽일 생각이었겠지. 하나

자네가 이 아이를 데리고 나왔네. 사실 지금까지는 자네를 의심했네만, 이렇게 생각하니 자네가 린아를 밖으로 빼낸 이유가 설명되지 않는군. 자네가 나를 이곳에 끌어들이려는 계책을 가지고 있었다면 린아를 애초에 데리고 나오지 말았어야 해."

"……."

그것은 피월려도 동감하는 부분이다.

생각해 보면, 여기서 피월려의 역할이 굳이 필요치 않다. 어차피 딸을 찾는 진파진에게 이곳에 딸이 있으니 오라고 서찰을 전한 뒤 천라지망을 펼치면 되는 것이다. 그는 조화경을 이룩하면서 생긴 자만심과 딸에 대한 죄책감으로 인해서 그것이 함정인 줄 알면서도 올 것이니, 피월려가 없어도 계획이 진행되는 데 있어 아무런 무리가 없다.

하지만 그랬다면 지금처럼 피월려가 진파진의 호의를 얻지는 못했을 것이다.

그리고 그것은 이번 일의 핵심 중 하나이다.

"이젠 자네를 믿겠네."

피월려는 속으로 안심하며 신과신을 마주 보았다.

"어르신, 이미 이곳은 천라지망 안입니다. 방금 본 자는 나지오라는 자인데, 그는 천마신교에서 오대주를 맡고 있는 고수입니다. 그가 동원되었다는 것은 이 천라지망에 낙양지부

전력이 모여 있다고 해도 과언이 아닙니다."

사실 그가 확인한 것은 제이대와 제오대뿐이지만, 일단 부풀려 크게 말했다. 진파진은 그의 말에 고개를 끄덕이며 대답했다.

"물론 대단한 무력이지. 그러나 천마신교의 교주가 누구인가?"

피월려는 순간적으로 대답하지 못했다. 천마신교에 입교했으나 교주의 그림자조차 보지 못해 순간적으로 생각나지 않았기 때문이다.

그러나 천마신교의 교주는 전 무림에 가장 높은 이름 중 하나이다. 곧 이름을 떠올린 피월려가 그 이름을 말하려 하는데 진파진이 먼저 말을 이어버렸다. 애초에 대답을 바라고 한 질문은 아니었기 때문이다.

"바로 혈수마소(血手魔笑) 성음청 아닌가? 그녀와 같은 조화경을 이룩한 노부가 흑룡대도 아닌 마졸들이 펼친 천라지망에 당할 듯싶은가? 어림도 없는 소리지."

천마신교 교주 성음청은 조화경을 이룩하여 별호의 끝에 제(帝)를 얻어 본래 별호인 혈수마소에서 현재의 별호인 혈수마제로 불리게 되었다. 중원은 천마신교를 두려워하여 그녀를 혈수마제라 부르지만 천마신교에 대항할 수 있는 능력을 갖춘 몇몇 구파일방은 그녀가 조화경을 이룩했다는 증거가 없다며

이를 부정하고 원래의 별호인 혈수마소를 노골적으로 사용했다.

그런데 지금 진파진이 군이 그녀를 혈수마소로 부른 것은 황룡무가가 더는 결코 천마신교의 아래가 아니라는 것을 은연중에 나타내는 것이다. 즉, 본인이 교주와 동급이라는 말이다.

그 어투 속에 감춰진 자신감을 읽은 피월려가 물었다.

"그렇다면 어르신께서는 어떻게 하실 것입니까?"

"아까도 말했다시피 나는 이 천라지망의 중심지로 갈 것이네. 그 나지오라는 자를 생포하여 린아의 점혈을 풀어야겠지."

피월려는 자만이라 표현해도 좋을 그 자신감에 혀를 내둘렀다. 그가 진정으로 진파진을 따라 충언을 한다고 할지라도, 설득하는 것이 불가능할 것 같았다.

진파진은 어깨의 고통을 느끼지 못하는 듯 거침없는 발걸음으로 숲속을 거닐었다. 수시로 눈을 바삐 움직이고 갑자기 튀어나올 마인들을 경계하며 손아귀에서 황룡검을 떼놓지 않았다.

그때, 갑자기 피월려는 믿을 수 없는 장면을 목격하고는 그대로 소리쳤다.

"어르신, 하늘을 보십시오!"

피월려의 목소리에 고개를 돌린 진파진은 하늘에서 쏟아지는 검기와 암기(暗器)를 보았다. 그러자 그 광경을 본 그의 입이 저절로 벌려졌다.

암격(暗擊)이다.

그러나 그것은 암격이라고 하기 민망할 정도로 강한 공격은 아니었다. 진파진도 피월려도 자리에서 크게 움직이지만 않는다면 적당한 수준에서 피하거나 막을 수 있는 수준의 공격뿐이다.

피월려는 제자리에서 움직이며 손쉽게 암격 하나하나를 피해 나갔다. 사람들의 입에서 자주 회자되는 천라지망이라는 이름도 결국 과장이 심한 것일 뿐 그리 절세의 진법은 아니라는 생각까지 했다.

하지만 그것은 대단한 착각이었다. 대략 한 시진이 지나도록 소나기 오듯 쏟아지는 비수와 멀찌감치 떨어진 곳에서 간간이 매섭게 쇄도하는 검기들은 조화경의 고수조차 점점 지치게 하였다.

처음부터 진파진와 피월려, 그리고 진설린을 가리지 않고 공격하였기에 피월려조차 단 한 번도 쉬지 못하고 검기를 피하며 암기를 검으로 쳐내야 했다. 그러나 피월려가 감당해야 할 양은 진파진의 것보다 매우 적었기에 비교적 지친 기색은 덜했다.

그렇게 한 시진 동안 진파진와 피월러가 나아긴 기리는 일리도 미치지 못하는 짧은 거리. 쏟아진 비수의 양만 만(萬)이 넘어갈 지경이었다. 마인들은 나무 뒤에 숨어 암기나 검기만을 연속적으로 출수하며 그 모습을 드러내지 않았기에, 지금까지 진파진이 한 것이라고는 오로지 방어뿐이었다.

진파진은 이대로 가다가는 체력이 고갈되어 죽을 것이라는 것을 깨닫고 적당한 기회를 노렸다. 조금이라도 틈을 보이는 마인과 마주치는 즉시 보법을 전개하며 검강을 뿌렸지만 그때마다 전 방향에서 다른 마인들이 튀어나와 엄호했다.

완전히 수비를 할 때는 모르나 한번 공격으로 전환한 검로를 다시금 수비로 바꾸는 데에는 찰나의 시간이 필요하며, 그 동안에는 진파진도 어쩔 수 없는 빈틈이 생기게 마련이다. 그것을 본 마인들은 각각의 눈에 보이는 빈틈을 향해 공격했다. 개개인의 실력은 떨어질지 모르나 수십 명이 함께 공격하자 결국 그중 하나둘은 피해를 줄 수 있었다.

그런 일이 몇 번 반복되자 진파진의 옷은 넝마가 되었고, 그 위로 피가 흘렀다. 그의 머리카락은 땀에 절어 갈라져 그 끝으로 땀방울이 송골송골 맺혔다. 그러나 그의 위세에는 변한 것이 없었다. 여전히 자신감이 가득한 눈빛과 흔들리지 않는 황룡검이 그의 견고한 마음을 대변했다.

그렇게 한 시진이 지나도 그는 황룡검으로 막힘없이 검기를 뿌렸다. 그의 몸 위로는 은은한 반탄지기를 생성하여 움직일 때마다 작은 황금빛 가루를 공중에 흩뿌렸다.

진설린의 얼굴은 전과 다를 바 없이 창백하고 죽은 사람처럼 미동도 하지 않았다.

또다시 한 시진이 지나갔다. 진파진의 몸에는 더욱 많은 잔상이 남겨졌고, 피월려는 피곤함을 참으며 억지로 검을 움직였다. 그동안 그들이 나아간 거리는 반 리도 채 되지 못했다.

그런데 어느 순간부터 천라지망의 위세가 조금씩 줄어들었다. 그 차이는 미미하기 짝이 없으나 분명 숨을 돌릴 시간이 조금씩 늘어났다.

장작 두 시진 동안의 끊임없는 공격이다. 공격하는 쪽이 먼저 지친다고 해도 이상할 것이 하나도 없다.

진파진은 천라지망이 약화되었다는 것을 느낀 이후부터 한 자리에 서서 움직이지 않았다. 때로는 막고 때로는 피하던 비수와 검기를 이제는 황룡검으로 모조리 튕겨내기 시작했다. 조금만 더 견디면 곧 끝이 난다는 것을 알고 한 자리에서 승부를 보려는 것이다.

그의 반경 반 장 밖으로 믿을 수 없는 양의 비수가 빼곡히 쌓이기 시작했다. 땅에 박혀 들어가는 것도 있고 널브러진 것도 있으며 다른 비수들을 등지고 위쪽으로 날을 세운 것도 있었다.

나무를 제외한 모든 땅이 고슴도치같이 되었을 때, 동쪽 방향에서 복면과 흑의를 두른 나지오가 자신의 애검을 들고 느릿한 발걸음으로 나타났다.

그와 동시에 하늘에서 쏟아지던 비수들이 마치 소나기가 그친 것처럼 딱 끊겼다.

"자, 이제 이차전이야."

나지오의 몸은 만신창이가 되어 부하들의 손에 이끌려 나갔다고 하기에는 너무나도 깨끗했다. 두 시진이 흐르는 동안 깊은 운기조식을 통해서 몸 상태를 대부분 회복했다고 해도 너무 멀쩡한 모습이었다.

진파진은 황룡검을 치켜세우고 나지오를 향했다.

"인계의 벽에 가로막힌 자가 노부를 상대로 너무나도 기고만장하군."

절정고수는 꾸준히 무예와 내공을 닦아 성장하여 무공의 한계까지 도착한 고수들이다. 인간의 끝에 다다랐기에 절정이라는 수식어가 붙는 것이다. 그러나 인간의 신체는 불완전하기에 아홉을 취하면 필연적으로 하나를 잃어버린다. 예를 들면, 중(重)과 쾌(快)를 중요시하면 할수록 변(變)이 사라지는 것이다. 이 불완전의 고리를 인계의 벽이라 일컫고, 그것을 뚫고 완벽함으로 나아가면 신의 경지에 이르게 된다.

나지오는 인간으로서 절정에 올랐으나 아직 완전함을 취하지 못했다. 진파진은 그것을 파악하고 말하는 것이다.

나지오는 쌍검을 서로 부딪치며 비아냥거렸다.

"그래서 조화경의 고수를 죽이려 하는 거지. 신을 죽인다면 혹여 그 지긋지긋한 벽이 깨질지 누가 알아? 아닌가?"

이번에는 진파진이 비웃었다.

"그럴지도 모르네. 그러나 그전에 생사의 벽이 먼저 깨질 수도 있다는 것을 잊지 말게."

"뭐, 그 정도면 싸지."

그의 말이 끝나기가 무섭게 나지오가 보법을 전개했다. 땅에 떨어진 암기들로 가시밭이 된 땅 위를 아슬아슬하게 달리는 보법을 보며 피월려는 놀람을 금치 못했다. 누군가 공간을 잡고 늘어뜨린 것처럼 늘어난 잔상을 남기며 달린 나지오는 우검을 들어 진파진을 향해 찔렀다.

기습적으로 돌격하여 서로의 검경(劍境) 안에서 싸우는 접근전으로 몰아세운 나지오의 생각은 전번의 일전에서 얻은 결실이다.

귀로만 따갑게 들었지 생사혈관을 타통하여 대자연의 기를 막힘없이 받아들이는 조화경 고수의 내력은 그 양과 질이 상상을 초월한다. 그래서 나지오는 이러한 내력의 차이를 메우고자 단전에서 내력을 모아 끌어올리는 찰나에도 목숨이 왔다 갔다 하는 접근전이 해법이라 생각한 것이다. 눈 깜박할 사이 코 베어가는 상황에 함부로 내력을 뽑아 검기로 사용했다간 빈틈이 생기기 때문이다.

나지오의 눈빛이 투지로 불타올랐다.

챙!

진파진은 황룡검을 좌측으로 돌리며 직선으로 뻗은 나지오의 우검을 가볍게 쳐냈다. 그러고는 미끄러지듯 한 발짝 슬며시 앞으로 걸으며 왼손을 나지오의 얼굴 앞에 살포시 뻗고 손바닥이 휘어질 정도로 폈다.

무시무시하기 짝이 없는 살벌한 기운이 아무런 준비 자세도 없이 손바닥에 가득 뭉치는 것을 느낀 나지오는 접근전도 그리 좋은 해법이 아님을 깨닫고 즉시 자신이 가능한 최고의 속도로 좌검을 바로 아래 땅에 내려쳤다. 역수로 잡은 탓에 그 좌검의 끝이 나지오로부터 좌편으로 일 장 떨어진 땅에 닿았다.

나지오는 눈을 부릅뜨고 눈앞의 거대한 손바닥을 응시하며 발끝을 세웠다. 그의 코앞에서 펼쳐지는 손바닥에는 언제라도 사방으로 폭발할 듯한 기운이 꿈틀대고 있었다. 그는 젖먹던 힘까지 다해 발을 뒤로 힘껏 차면서 좌검의 끝을 땅에 박았다.

'펑' 하는 소리와 함께 진파진의 내력이 그의 손바닥을 타고 뿜어져 공기를 찢어버리는 장풍(掌風)을 뿜어냈다.

그 순간 나지오는 넘어지는 듯한 자세로 좌검을 축으로 삼아 반 바퀴보다 조금 못하게 뒤쪽으로 좌회전했다. 덕분에 그는 코앞에서 뿜어지는 장풍을 가까스로 피해낼 수 있었다.

나지오가 볼 때 그 장풍은 황룡무가의 어떤 무공도 아니었다. 그냥 내력을 손바닥에 모아 발경(發勁)한 것이다.

조화경, 조화경. 오늘만 몇 번 감탄하는지 모르겠다.

"에잇!"

나지오는 몸이 점차 돌아가는 중에 우검을 들어 다시금 종으로 내려쳤다. 공중에서 그의 왼발과 골반을 매끄럽게 움직였고, 모든 무게가 우검에 담겼다.

나지오의 몸이 일순간 붕 떠오르는 것을 본 진파진은 나지오의 우검에 실린 무게와 내력을 생각하며 양손으로 황룡검을 잡아 위로 막았다.

챙!

진파진은 나지오의 공격을 너무나도 쉽게 막아버렸다.

고수의 혼신을 담은 검격은 그 담긴 힘이 상상을 초월한다. 그렇기에 속도가 느리다는 단점을 이용해서 피하는 것이 상책이다.

나지오도 당연히 진파진이 피할 것으로 생각하고 한 공격이었다. 그런데 진파진은 그것을 압도적인 내력으로 막아버린 것이다.

그것에 대해서 의문을 품자마자 나지오는 손목이 찌릿한 고통을 느꼈다. 또한 몸이 공중으로 더욱 떠올랐다. 발에 힘을 주었는데, 그의 다리조차 땅에서 떨어져 허공을 휘저었다. 그 일격에 담긴 공격이 진파진의 검에 가로막혀 다시 그에게 돌아온 것이다.

나지오는 신체의 통제권을 완전히 잃었다.

그 반면에 진파진은 환골탈태한 육체와 내력의 힘으로 절정고수의 혼신의 일격을 안정적인 자세에서 쉽게 방어했고, 양손으로 황룡검을 쥐고 있었다. 진파진은 단순히 공격의 기회를 잡은 것뿐만 아니라 자기가 혼신의 일격을 선보일 수 있을 정도로 여유로운 시간을 벌었다.

너무 강한 공격을 해버리면 그것을 완벽하게 방어당했을 때 오는 위기가 너무나 크다. 그것은 무공을 떠나 싸움의 기본이다.

살기를 은은히 내비치는 황룡검이 점차 금빛으로 빛나는 것과 동시에 검신 자체는 반투명하게 흐려졌다. 황룡환세검공 역린이 펼쳐진 것이다.

순간적으로 섬기를 뽑아내는 것이 아니라 검신에 붙잡아두는 어기충검. 그 자체만으로도 엄청난 집중력과 정신력을 잡아먹는데, 이것을 검강으로 해낼 수 있는 자는 신이라 칭함이 합당하다.

검강의 초진동.

검강의 어기충검.

바로 전설의 경지인 강기충검(罡氣充劍)이다.

이건 나지오가 모든 내력과 선천지기(先天之氣)까지 동원하여 반탄지기를 생성한다 한들 막을 수 없는 것이다. 기로는 강기를 막을 수 없기 때문이다. 만에 하나 목숨을 걸고 도박하여 호신강기를 내뿜어서 강기충검을 벗겨낸다 하더라고 황룡검 자체를 막을 방법이 없다. 절정과 입신의 차이는 이렇듯 단 일 초식 만에 생사가 갈릴 정도로 격차가 먼 것이다.

애초에 나지오는 그런 차이를 모르지 않았다. 아무리 참을 수 없는 호승심과 초절정의 벽을 넘고 싶은 욕망이 있다 하더라도, 비무도 아닌 생사혈전에서 조화경의 고수와 정면 승부를 할 정도로 어리석지는 않았다.

나지오의 본래 계획은 먼저 자신이 나가고 그 뒤를 따라오는 두 마인이 양옆으로 합공하는 것이었다. 지금은 단지 그들이 합류하기까지의 지극히 짧은 시간 동안, 예상보다 빠르게 죽음의 위기 앞에 놓인 것뿐이다.

때문에 진파진의 눈에는 나지오의 양옆에서 갑자기 두 복면인이 튀어나온 것처럼 보였다. 그러나 이미 기감으로 그들의 존재를 감지하고 있었기에 그리 놀라지 않았다.

한 복면인은 나지오의 신체를 잡아 뒤로 끌어당겼고, 다른 복면인은 모든 내력을 검에 모아 흑색 검기로 공격했다.

진파진은 당치도 않다는 듯이 강기충검을 펼친 황룡검을 휘둘렀다.

번쩍하는 빛과 함께 흑색 검기는 흔적도 없이 사라졌다.

그 빛 가운데서 진파진이 탈출하듯 튕겨 앞으로 쏘아졌다.

천마신교 낙양지부의 제오대 일개 대원인 그 복면인은 그 검기 한 번에 내력이 바닥을 보여 숨을 고르고 있었다. 그런 그가 폭풍처럼 다가오는 진파진을 보고 할 수 있는 것은 아무것도 없었다.

진파진이 순수한 찌르기로 그 복면인의 목을 꿰뚫자, 강기충검으로 인한 초진동이 피육을 찢어내며 형용할 수 없이 많은 핏줄기가 뒤에 있던 나지오의 머리 위로 쏟아졌다.

황룡검이 반쯤 들어갔을까? 목이 뚫린 복면인의 양손이 갈퀴처럼 올라와 황룡검을 붙잡았다. 내력의 집약체인 강기충검을 잡아버린 그 복면인의 양손은 마디마디가 찢어지며 피가 흘러나왔고 군데군데 살덩이가 터져 흰 뼈가 엿보였다.

그뿐만이 아니었다. 곧 강기충검에 담긴 내력이 피를 증발시키고 뼈를 검게 그을렸다. 그러나 그 복면인은 손이 사라지자 손목으로, 목이 사라지자 턱으로 대신하여 다시 황룡검을 붙잡았다.

"커… 어악."

턱뼈와 황룡검이 씨름하며 생긴 그 남자의 유언은 남자의 지독함을 대변했다.

진파진은 그 악마 같은 모습에 움찔하며 황룡검을 회수하려 했다. 그러나 그 사내의 몸에 걸려 움직임이 늦춰졌다. 강기충검에 내재된 강대한 힘이 그 사내의 희생 덕분에 매우 약해진 것이다.

그 틈을 타서 나지오를 뒤로 잡아당겼던 다른 복면인이 나지오의 어깨를 밟고 높게 도약하여 진파진의 정수리를 향해 검날을 세웠다.

"죽어라!"

진파진은 황룡검을 빼내어서 막기에는 늦은 것을 직감하고는 내력을 왼손에 집중하여 위에서 떨어지는 그 사내를 향해 활짝 펼쳤다. 그의 왼손이 황금색의 기운으로 넘실거리더니, 곧 황룡무가의 자랑인 황룡장법(黃龍掌法) 파혼장풍(破魂掌風)이 시전되었다.

소리 없는 황금색 기운이 바람이 되어 그 복면인을 덮쳤다. 그 복면인은 누군가 넓은 금색 포대로 뒤집어씌워 멀리 집어던지는 것처럼 뒤쪽으로 던져졌다. 장풍에 휘말린 복면인의 손아귀에서는 검이 흘러나왔고, 그의 입에서는 핏물이 흘러나왔다.

천마신교의 두 고수는 그렇게 진파진의 두 번의 초식으로 죽음에 이르렀다. 하지만 그들은 중대한 임무를 마치고 죽었다. 순간이나마 진파진의 오른손과 왼손을 봉한 것이다.

다행히 나지오는 부하들의 희생을 헛되게 만들지 않았다.

진파진은 자신의 복부에서 느껴지는 화끈한 느낌에 자기도 모르게 고개를 숙였다. 그곳에는 나지오의 적색 장검이 황룡검을 입에 물며 희생한 그 복면인의 명치에서 솟아나서 진파진의 복부에 닿아 있었다. 내력을 보통 품은 것이 아닌지라 진파진의 금강불괴의 신체 속으로도 거침없이 들어갔다.

진파진은 재빨리 신형을 뒤로 움직였다.

그러나 조금 늦었다.

나지오가 검끝에서 진파진의 살을 파고든 느낌을 받은 즉시 내력을 움직여 음양폭마검공(陰陽爆魔劍功) 양마활성(陽魔活性)을 시전했기 때문이다.

순간 이대로 더욱 찔러 쉽게 이길 수 있지 않을까 하는 악마의 속삭임이 나지오의 귓전에 맴돌았다. 그 유혹은 너무나 달콤하여 벌써부터 온몸에 잔뜩 힘이 들어가기 시작했다. 하지만 나지오는 진파진이 조화경의 고수라는 것을 냉정히 자각하며, 미련 없이 우검을 뽑아 느는 것과 동시에 뒤도 돌아보지 않고 보법을 펼쳤다.

그 판단은 그의 목숨을 살렸다. 진파진의 눈빛에 살벌한 핏기가 돌면서 엄청난 양의 내력이 그의 양손에 집중되었기 때문이다.

"네놈 따위가 감히!"

진파진이 노한 음성과 함께 양손을 교대로 내질렀다. 강기화된 파혼장풍, 즉 파혼장태(破魂掌颱)가 그의 양손에서 뿜어졌다. 그 폭풍과도 같은 장태는 나지오의 끝자락을 닿을락 말락 뒤쫓았다.

쾅! 쾅! 쾅!

장태가 땅에 떨어질 때마다 웅덩이를 만들듯 깊게 파냈다. 단 한 방이라도 맞게 될 경우 생명을 장담할 수 없었기에 나지오는 식은땀을 흘리며 보법에 모든 신경을 쏟아 숲으로 도주했다.

대여섯 번의 장력을 연거푸 쏘아 보낸 진파진은 마지막 장력을 모아 그의 앞에서 죽은 복면인에게 쐈다.

쾅!

그 복면인의 상체가 한낱 고깃덩어리가 되며 피가 잔뜩 묻은 황룡검이 낙하했다.

"이번에는 순순히 도망가게 놔두지 않겠다!"

진파진이 손을 앞으로 뻗자 땅에 떨어지던 황룡검이 서서히 들려 그의 손에 잡혔다. 내력과 심력으로 닿지 않고 물건을 옮기는 수법인 허공섭물(虛空攝物)을 선보인 진파진은 금색 기운을 전신에서 내뿜으며 나지오의 뒤를 빠르게 쫓았다.

숨조차 쉬지 못할 압박감 속에서 이 혈전을 관전하던 피월려는 간신히 한마디를 내뱉었다.

"저게 인간인가?"

피월려는 재빨리 진파진의 뒤를 추격했다. 하지만 그의 속도가 너무 빨라 오로지 흔적만을 쫓을 수 있었다.

그렇게 반 식경 정도 흔적만을 따라가면서 이리저리 널브러진 복면인들의 시체가 삼십을 넘어갔다. 진파진을 찾아내었을 때에는 그의 주위에 열 명이 넘어가는 복면인이 죽은 채 나뒹굴고 있었다. 그리고 검상을 입은 세 명의 복면인과 그 중심에 서 있는 나지오가 진파진의 맹공을 겨우겨우 받아내고 있었다. 하지만 그 정도로는 조화경의 고수를 상대로 버틸 수 있는 전력이 절대 될 수 없다.

흡사 어른 한 명이 어린아이들과 전쟁을 하는 것 같았다.

피월려가 숨을 고르기도 전에 한 복면인의 심장이 그 모습을 드러내었고, 다른 한 복면인의 머리가 몸과 분리되었다. 그리고 곧 마지막 복면인이 강기에 정확히 이등분되었다.

그들의 희생을 통해서 나지오가 벌린 거리는 오 장 정도.

진파진은 또다시 놀라운 보법을 전개하여 눈 깜짝할 사이에 나지오에게 접근했다. 그때 또 다른 다섯 명의 복면인이 진파진의 뒤에서 나타나 그에게 돌진했고, 또 다른 다섯 명의 복면인이 나지오의 옆에 나타나 그를 호위했다.

"가소로운 것들!"

황룡검이 번쩍이자 나지오의 앞에 섰던 두 명의 복면인이 피를 뿜으며 몸이 무너져 내렸다. 그때, 진파진에게 돌진하는 다섯 명의 복면인의 검에서 검붉은 검기가 뿜어졌다.

피월려가 볼 때 그것은 처음에 보았던 조각조각 깨어지는 그 검기가 분명했다.

진파진은 공격하려던 황룡검을 땅에 박아 넣으며 전에 시전했던 황룡환세검공 지진을 다시 한번 선보였다.

쿵!

땅이 꺼지는 소리와 함께 금빛 흙먼지가 자욱하게 퍼졌고, 검붉은 검기는 모두 그 먼지 속으로 들어가 모습을 감추었다.

그리고 아무런 소리도 들리지 않았다. 뒤에서 튀어나온 다섯 복면인은 조금도 망설이지 않고 그 흙먼지 속으로 들어갔다.

나지오를 호위하던 세 복면인은 그를 데리고 후퇴하려 했다. 하지만 나지오는 시선을 흙먼지에 고정하고는 다리가 땅에 박힌 듯 움직이려 하지 않았다.

"피하셔야 합니다."

복면인 중 한 명이 다급한 목소리로 말했다.

나지오는 얼굴에 흐르는 핏물과 고깃덩어리를 닦아내며 고개를 저었다.

"매화마검수(梅花魔劍手)를 믿어보고 한 번의 기회를 만들어보지, 뭐. 명한다. 너희는 돌아가 명을 전해라. 제일, 이, 삼, 사조는 휴식하고 나머지는 대기하라고 해. 만약 내가 죽으면 이대장의 지휘에 따라 모두 철수한다."

"존명."

그때, 흙먼지 안에서 비명이 울렸다.

"크아악!"

표정이 굳은 세 명의 복면인은 숲으로 사라졌고, 나지오는 쌍검을 다잡고 심호흡을 한 번 깊게 한 뒤에 흙먼지 안으로 보법을 전개해 빠르게 들어갔다.

그 뒤, 안에서 울려 퍼지는 청명한 검명(劍鳴)과 비명. 그 비율은 대략 삼 대 일이었다. 그렇게 피월려가 다섯 번의 호흡을 고르는 동안 총 세 번의 단말마가 더 울렸다. 곧 흙먼지가 가라앉자 안의 상황을 파악할 수 있었다.

"커억, 크윽……."

또 한 번의 신음 소리가 숲에 울렸다.

처음 눈에 띈 것은 신파신을 불러싼 나섯 명의 복면인이었다. 지금까지 들린 비명의 주인공들임이 분명했다. 모두 처참한 몰골로 죽어 있었기 때문이다. 단전이 깨진 이도 있고, 머리통이 날아간 이도 있었으며, 손이 잘린 이도 있었고, 다리가 없는 이도 있었다.

　이토록 다른 모습 중에 한 가지 공통점이 있다면 바로 진파진의 신형을 잡아 어떻게든 그의 움직임을 저지하고 있었다는 점이다. 손이 없으면 발로, 발이 없으면 입으로, 입이 없으면 몸으로라도 진파진에게 엉켜 있었다.

　두 번째로 눈에 들어온 것은 바닥에 누워 있는 나지오였다. 그는 왼팔을 비틀며 들어 올렸고, 좌검의 날이 진파진의 발꿈치 위에 조금 박혀 들어갔다.

　나지오는 음양폭마검공(陰陽爆魔劍功) 음마활성(陰魔活性)을 시전했다. 그러자 진파진은 모든 신경이 곤두서는 짜릿함을 느꼈고, 그의 단전에서 무언가 이질적인 기운을 감지했다. 그는 슬쩍 발꿈치를 보았는데, 전에 단 한 번도 느껴보지 못한 종류의 고통이 그곳에서부터 엄습했기 때문이다.

　진파진은 모든 내력을 쥐어짜서 몸에 있는 모든 모공으로 강기를 내뿜었고, 진파진의 움직임을 방해하던 다섯 시체는 황금색 벼락을 맞아 찢어지는 나무처럼 중심에서부터 터져 나갔다.

　그의 몸에서 다시 한번 호신강기가 시전된 것이다.

　나지오는 몸을 튕기듯 구르며 보법을 전개해 진파진으로부터 벗어났다. 작은 검상을 겨우 입히고 전력을 다해 도망가는 것만 벌써 네 번째다. 이제는 요령까지 생기는 듯했다.

그러나 그도 호신강기의 영향에서 완벽하게 벗어나지는 못했다.

"크윽!"

굵은 채찍에 맞은 듯 나지오의 등이 폭발하듯 터졌고, 공중에 선혈이 뿌려졌다. 그럼에도 나지오는 발걸음을 바삐 움직여 땅에 핏줄기를 그리며 숲속으로 사라졌다.

금빛 호신강기가 점차 사그라지고 지친 기색이지만 눈빛만큼은 날카롭기 그지없는 진파진이 도도히 서 있다. 그는 곧바로 나지오를 쫓으려고 보법을 전개하려 했지만, 갑자기 단전에서 찌릿한 고통이 느껴져 얼굴을 찌푸렸다. 이질적인 기운이 내력의 이동을 방해했기 때문이다.

진파진은 일단 나지오를 포기했다. 지금은 몸 안에서 일어나는 일이 더욱 시급했기 때문이다.

그는 내력을 조금씩 다스리며 기혈을 차근차근 점검했다. 그러다 보니 몸 안에 떠도는 이상한 기운이 두 개 정도 된다는 것을 발견할 수 있었다. 혈맥을 무작위로 돌며 기혈을 상하게 하는 것이 절대로 진파진이 아는 종류의 것이 아니었다.

'독은 아닐 것이다. 만독불침(萬毒不侵)의 금상불괴가 된 나에게 독이 통할 리가 없다. 그렇다고 점혈도 아니다. 내력의 한계가 없는 나에게 점혈법이 통할 리가 없다. 그렇다면 무엇인가? 어떤 것이 나에게⋯⋯.'

진파진은 더는 생각을 이을 수 없었다. 하늘로부터 비처럼 쏟아지는 암기에 정신이 멍해져 버렸기 때문이다.

장장 두 시진 동안 견뎠던 병우(兵雨)가 또다시 내리기 시작했다. 그것을 보는 진파진의 심정을 피월려가 대신 말했다.

"미치겠군. 제가 어르신 뒤에 서겠습니다."

연기를 하며 진파진의 신뢰를 얻어야 하는 상황인 피월려는 어쩔 수 없이 진파진의 뒤편에 서서 그 암기 폭풍을 받아야 했다.

그때, 전 방위에서 수십 명의 복면인이 나타나 검기를 뿌리고 다시 사라졌다.

피월려는 피하고 진파진은 막았다.

이것도 이제 시작일 뿐이다.

처음과 같은 상황이다.

이번에는 간덩이가 부었는지 땅에 떨어진 암기들을 회수하기까지 했다. 그런데 진파진은 이상하게도 암기와 검기를 막는 데 급급했을 뿐 그들을 저지하지 못했다.

피월려는 이 괴물 같던 고수도 서서히 지친다는 것을 처음으로 실감했다.

그렇게 또 두 시진이 흘렀다.

그동안 피월려는 쉬지도 못하고 지독히 시달렸다. 아무리 낙양지부의 마인들이 피월려에게는 조금씩 약하게 공격했을

지라도 그 또한 녹초가 되는 건 어쩔 수 없었다. 손 한 번 들어 땀을 닦지도 못한 피월려는 마인들이 자신에게도 진심으로 공격하는 게 아닌가 하는 생각까지 들었다.

진파진도 마찬가지로 극도로 한계에 달하여 검을 움직이고 있었다. 허리를 굽힌 자세로 맹수처럼 눈을 치켜뜬 것이 마치 궁지에 몰린 맹수 같았다.

해 자체는 넘어갔으나 그 붉은 그림자가 세상을 은은하게 비추는 황혼이 돼서야 검기와 암기의 빗방울이 멈췄다.

피월려는 지금까지 평생 경험한 모든 낮 중 오늘처럼 해가 늦게 떨어지는 낮을 경험한 적이 없었다. 장장 네 시진 동안 암기 폭풍을 견디며, 중간마다 일어나는 생사혈전에 시간 감각이 모조리 마비된 것 같았다.

그때 북쪽에서 양손에 일 장이 넘어가는 장검을 든 나지오가 하품을 하며 걸어 나왔다.

그의 옷가지는 깨끗하기 이를 데 없었다.

피월려의 표정은 허탈했고, 진파진의 표정은 일그러졌다.

이것으로 증명되었다. 언제든 나지오가 중상을 입으면 암우가 두 시진 동안 떨어지며 그동안 그가 회복한다는 것이.

그러나 아무리 두 시진 동안 깊이 내공을 운용하더라도 나지오처럼 새 사람이 되는 것은 아니다.

확실히 무언가 더 있다.

쾌활한 목소리의 나지오가 먼저 말을 꺼냈다.

"저녁 시간인데 혹시 식사하셨나?"

비아냥거리는 말투에 진파진이 씹어 내뱉듯 대답했다.

"네놈을 장강에 던져 넣어 네 주둥아리가 과연 둥둥 떠다니는지 실험해 보마."

"삼 차전을 할 의욕은 충분한가 보군."

의욕은 있으나 체력은 바닥이다.

피해가 없는 피월려도 죽을 맛이었으니, 여기저기 검상을 입고 기묘한 기운에 지속적으로 내상까지 입은 진파진은 황룡검을 내려놓고 싶을 정도였다.

그런 몰골을 보고도 나지오는 섣불리 돌격하지 않았다. 그 대신 깊게 가라앉은 눈으로 진파진을 찬찬히 훑어보았다. 그것을 정확히 읽은 진파진이 깊은 숨을 내쉬며 말했다.

"이제 끝낼 생각이로군."

나지오의 눈동자가 작게나마 흔들렸다. 그는 내력을 단전에서 끌어올려 온몸으로 퍼뜨렸다.

"조화경의 고수는 자신의 죽음도 보이나 보지?"

진파진의 입술이 미묘하게 꼬였다.

"이제는 뒤를 돌아보지 않을 것이야. 그렇지 않나?"

심계(心計)다.

나지오는 그것에 넘어간 것이다.

그는 솔직히 대답했다.

"그래, 그러나 그렇다고 이 상황이 변하는 건 없어."

진파진은 자세를 억지로 세우며 황룡검을 부드럽게 잡았다.

"한 가지만 묻지."

"……."

"황룡무가는 천 년의 역사가 넘어가는 백도세가라네. 황룡무가의 멸문은 곧 흑백 간의 전면전이야. 천마신교가 그런 어리석은 짓을 하지는 않을 것이라 보네. 이번 일은 노부를 죽이는 것으로 끝나는 것인가?"

나지오는 한동안 침묵한 뒤에 말했다.

"우리 지부의 모든 인원이 여기 있는 것은 아니야. 그럼 여기서 문제! 지금 나머지는 어디 있을까?"

진파진의 아미가 꿈틀거렸다. 나지오는 아랑곳하지 않고 말을 이었다.

"네 집이야."

"……."

"걱정하지 마. 멸문은 아니니까. 단지 천마신교에 존속되고 그 의지에 반하는 사들에게만 죽음이 내려질 뿐. 그 이에 변하는 건 극히 적어."

진파진의 관자놀이에 두 가닥의 핏줄이 꿈틀거리며 그의 분노를 표현했다.

그는 양손을 모아 황룡검을 잡았다.

그리고 그 끝을 하늘 위로 세웠다.

쿠쿠쿵!

숲에 숨어 있는 마인들과 나지오, 피월려 모두는 말로 표현할 수 없는 거대한 기류에 깜짝 놀랐다. 그 기류는 한순간에 황룡검에 양각된 황룡의 입으로 모여들어 황룡검을 타고 흘렀다.

나지오가 이렇다 할 명령을 내리기도 전에 그 모든 기운은 하나의 고리를 형성하여 황룡검의 끝에 머물렀다.

검으로 발경하는 데는 크게 세 가지 종류가 있다. 검면으로 펼치는 검막, 검날로 펼치는 검기, 그리고 검끝으로는 펼치는 검환(劍環)이다. 검환은 검에 실은 모든 내력을 한 점으로 집약하는 것이다.

황룡환세검공에는 이 검환을 이용한 오의가 있다. 황룡이문 여의주를 상상하며 만들어진 이 오의가 시전될 시에는 황룡환세검공의 모든 초식은 사용할 수 없으나 그 모든 발경이 퍼지지 않고 한 공간에 집중됨과 동시에 위력이 비약적으로 상승한다.

그것은 공격력을 집중하는 측면에서 봤을 때 일대일에 가장 적합한 것이다. 지금까지 진파진은 천라지망을 생각하여 펼치지 않은 것이지만, 이제는 그것을 생각하지 않겠다는 뜻.

진파진은 경악한 표정을 짓는 나지오에게 흰색의 고리를 감은 황룡검을 뻗으며 말했다.

"네놈만은 죽여주마."

검끝에 모든 기운이 집약하여 순수한 검술로 상대한다? 그것은 나지오를 동등한 상대로 취급하겠다는 선언이며 동시에 그가 자만심을 버리고 초심으로 돌아갔다는 뜻이기도 했다.

사실 지금까지 나지오가 진파진에게 입힌 모든 피해는 진파진 스스로의 자만심에서 비롯한 결과였다. 막 입신에 올라선 터라 그 힘을 과시하고 싶어 내공을 펑펑 써대며 화려함만 강조했고, 작은 상처를 입었다고 분노하며 무작정 달려들었던 것이다.

하지만, 이젠 그런 일은 없을 것이다.

나지오의 표정이 살짝 굳었다.

"후, 쉽지 않겠어."

한숨을 내쉰 그는 내공을 잔뜩 끌어올려 쌍검에 담아 검기를 쏘았다.

그런데 갑자기 두 그림자가 나지오의 뒤쪽에서 불쑥 튀어나와 그 검기를 따라 보법을 펼치며 진파진에게 접근했다. 진파진은 먼저 도착한 검기를 아무렇지도 않게 피해내며 조화경의 고수에게 접근한 두 용감한 마인을 보았다.

그들의 모습을 직접 눈으로 확인하는 순간 의아함부터 느졌다.

'노인?'

흑룡과 백룡이 서로 싸우는 듯한 착각이 드는 수가 놓인 옷, 주름진 얼굴과 백발 백미의 두 늙은 마인은 천마신교 낙양지부의 암노와 흑노를 제외하곤 존재하지 않았다.

피월려는 흑노와 암노의 존재를 보고서야 마법을 쓰던 미내로라는 노인 또한 이 천라지망에 가담하고 있다는 사실을 깨달았다. 그리고 그 노인이 보여주었던 그 마법과 같은 치료술……

피월려는 어떻게 나지오가 매번 새로운 모습으로 돌아올 수 있었는지 알 수 있었다.

그때, 암노가 검은 기운이 넘실거리는 오른쪽 다리로 각법을 펼쳤다. 그와 동시에 흑노는 진파진의 얼굴을 향해 일권을 내질렀다.

진파진은 허리를 숙여 각법을 피하면서 여의주를 담은 황룡검으로 흑노의 권과 정면충돌시켰다.

파파팟!

흑노의 권에서 흐르는 검은 기류와 황룡검의 여의주가 서로 맞부딪치며 붉은 석양의 빛보다 환히 빛나는 전기가 생성되어 수십 갈래로 퍼져 땅으로 흡수되었다.

설마 여의주를 감당해 낼 것이라 생각지 못한 진파진은 황룡검에 검기를 담아 무작위로 공격하며 뒤쪽으로 물러났다. 여의주를 통과한 그의 검기는 둥글게 변하며 곡선을 이루었다. 검강도 물 흐르듯 사용하는 진파진이 검기로 공격한 이유는 남은 모든 내력을 전부 쾌의 묘리에 담아 수십 번씩 내질렀기 때문이다.

전과 후를 구분할 수 없을 정도로 많은 금빛 검기가 흑노와 암노에게 쏟아졌다. 암노는 그 자리에서 도약하였으나, 흑노는 아랑곳하지 않고 그대로 진파진을 따라 돌격했다. 흑노의 몸에 그가 일권을 질렀을 때와 같은 검은 기류가 은은하게 퍼지기 시작했다.

이는 검기를 피하거나 막지 않고 반탄지기로 받아내겠다는 것이다.

그것은 이론상에서나 가능한 일이다. 양에서나 질에서나 절대로 떨어지지 않는 조화경의 고수가 펼친 검기 다발을 반탄지기로 받아내는 것은 내공과 내력을 다루는 기감, 그리고 반탄지기 자체의 숙련도가 상상할 수도 없을 정도로 깊지 않으면 불가능하다.

그런데도 신파진의 금빛 검기는 흑노의 몸에 닿기도 전에 분해되었다. 진파진은 또다시 눈앞에서 시커멓게 물든 흑노의 일권을 보게 되었다. 반탄지기를 펼치며 검기를 받아내는 도중에 남은 내력을 돌려 주먹에 채우는 것은 진파진 스스로도 할 수 있을지 의문이다.

이 노인은 말할 것도 없이 초절정의 고수다.

때로는 검강을 사용할 수 있음에도 검기를 사용한다. 때로는 내력이 없는 검이라도 막지 않고 피한다. 때로는 빈틈이 보여도 공격하지 않는다. 때로는 내력 소모가 극심한 반탄지기로 검기를 막는다. 절정을 뛰어넘었다는 초절정(超絶頂)을 맛보지 못한 자들은 이런 생각을 해낼 수 없다.

모든 무림인에겐 무공 상식이라는 것이 있다. '검강보다 절묘한 검기는 없고, 내력도 없는 검을 굳이 피할 이유도 없으며, 반탄지기는 위급할 때만 사용하는 것이다.' 혹은 '피하는 것보다 막는 것이 빠르고, 공격은 최고의 수비이며, 검공은 검으로만 펼쳐야 한다.' 등등 너무나 당연하여 생각하기도 전에 몸이 자동으로 반응하는 것들이다. 문제는 그것이 하나의 틀이 되어 사고(思考)를 한계 짓는다는 점이다.

이것을 넘는 것이 초절정의 깨달음이다.

초절정이란 간단히 말해 절정을 넘은 자들이다. 신의 경지에 오르지 못했으나 인간의 범주는 넘어선 자들이다. 불완전한 깨달음으로 외우주와 소통하지 못하나, 그 일부를 맛보며 무의식적으로 사용하는 이들이다.

물론 입신의 고수에 비해서 내력의 한계가 있으며 깨달음의 한계가 있다. 하지만 만고불변(萬古不變)의 진리는 싸움이라는 것은 해봐야 아는 것이라는 점이다.

피범벅인 이 무림에 초절정고수가 되었다는 뜻은 자기보다 강한 상대를 수십, 수백을 죽이고 올라섰다는 것이다. 그런 그들이 조화경의 고수라고 밟고 올라서지 못할 이유가 어디 있겠는가? 조화경에 이르지 못해 한이 맺힌 초절정고수들에게 있어 조화경의 고수와의 생사혈전은 모든 것을 내걸고서라도 원하는 것이기에 그 처절함이 기적을 만들어내지 말란 법은 없다.

진파진은 기본으로 돌아갔다.

아무리 내력이 무한하고 금강불괴의 몸을 얻었다 하나 방심은 곧 죽음이다.

이 싸움에서 유리한 것이지 결코 이긴 것이 아니다.

아직도 어깨의 상처가 욱신거리지 않는가.

싸움의 기본은 나를 알고 적을 아는 것이다.

'나는 어떠한가? 나는 조화경의 고수다. 그러나 알 수 없는 내상과 몇 개의 검상, 그리고 네 시진 동안 정말 단 한 마디도 입 밖으로 꺼낼 수 없을 정도로 공격을 당했다. 무한한 내력이 있으나 몸이 전처럼 가볍지 않다. 그리고 무엇보다 나는 린아를 등에 업고 있다.'

맹렬한 흑노의 권을 보면서 이번에는 황룡검으로 막으려 하지 않고 보법을 전개하여 피해내었다.

'적은 어떠한가? 보이는 것만 초절정고수 둘에 절정고수 하나, 그리고 천 명이 넘어가는 마인들······.'

현실을 직시하니 상당히 암울하다.

그 순간 그에게 하늘에서 떨어지는 암노의 발바닥이 보였다. 가공할 내력이 집약된 것은 굳이 느끼지 않아도 당연하다.

진파진은 몸을 돌리며 빙그르르 미끄러진 진설린을 한쪽 팔로 받아서 높게 던짐과 동시에 바닥을 굴렀다.

피월려는 설마 백도세가의 수장인 그가 자존심을 죽이며 땅바닥을 구를 것이라고는 예상하지 못했다. 그것은 나려타곤(懶驢打滾)이라 하는 것으로, 게으른 당나귀가 세차게 바닥을 구르는 것에 묘사한 것인데, 백도인은 그것을 시전하며 피하느니 차라리 패배를 선택할 정도로 수치스러워하는 수법이었다. 그런데 진파진의 눈빛과 표정에는 아무런 수치심도 찾을 수 없었다.

딸을 되찾아도 기뻐하지 아니하고, 딸이 죽으려 해도 슬퍼하지 아니하고, 바닥을 굴러도 수치스럽게 생각하지 않는 것. 그것이 과연 무슨 깨달음일까?

피월려는 이해할 수 없었다.

흙먼지와 뒤엉키듯 구르는 사이, 진파진은 두 개의 선을 그리며 쏜살같이 다가오는 두 노인을 슬쩍 훑어보았다. 그는 다시금 마음을 다스리며 지난날을 회상했다.

진파진은 무림인으로서 차근차근 계단을 밟아 지금의 자리까지 왔다. 강자를 꺾고 암계를 무너뜨리며 조금씩 성장하여 초절정의 끝자락을 이뤘고, 오대세가인 황룡무가를 이끄는 황룡검주가 되었다. 그리고 이제는 꿈에 그리던 조화경에 들어섰다.

그는 전신에 벼락이라도 맞은 듯한 고통을 무시하며 내력을 끌어올렸다. 내상에 대한 염려는 잠시 미뤄둔 채 황룡검에 강기를 일으켰다.

황룡검의 여의주가 파르르 떨리며 금빛으로 물들었다.

그러자 암노와 흑노의 눈이 저절로 황룡검에 집중되었다.

진파진은 왼손으로 땅을 강하게 내려치며 단번에 일어섬과 동시에 오른발을 꺾어 각법을 펼쳤다. 적을 완벽히 속이고자 오른발에는 한 줌의 내력도 담지 않았다.

황룡검의 움직임에 온 신경을 쏟던 암노는 그의 오른발까지는 미처 신경 쓰지 못했다.

파각!

진파진의 발끝이 암노의 관자놀이를 정확하게 때렸다. 그러나 진파진은 구르던 상태에서 일어남과 동시에 공격한 터라 자세가 안정적이지 못하여 바로 뒤에 있던 나무줄기에 기대며 쓰러지듯 주저앉았다.

뇌가 짓이겨졌을 정도의 충격을 받은 암노의 신형이 크게 휘청거리며 뒤에서 주먹에 강기를 담던 흑노에게까지 빈틈을 만들었다.

황룡검에 담긴 내력이 검강이 되어 검의 곁을 떠나는 것도 그때쯤이었다.

흑노는 일권에 강기를 포기하고 순간적으로 호신강기를 일으켰다.

콰쾅!

폭약이 터진 듯 황룡검에서 뿜어진 강기가 흑노의 호신강기에 부딪쳤다. 본래 호신강기라면 강기를 감당할 수 있으나 황룡검의 여의주를 통한 검강은 그 위력이 한 점으로 집중되었다. 예기만을 제거한 것으로 제 역할을 충분히 다한 호신강기가 깨어지면서 흑노의 신형이 이 장 높이로 붕 떠올랐다가 숲의 한곳에 꼴사납게 처박혔다.

그리고 진파진은 막 땅에 낙하하려는 진설린을 사뿐히 받아 그의 뒤쪽으로 내려놓았다.

흑노와 암노는 무림인 대 무림인으로서 진파진에게 완벽하게 패배한 것이다. 관자놀이를 가격당한 암노는 제정신을 차리지 못했고, 땅에 처박힌 흑노는 자리에서 일어날 생각을 하지 못했다.

피월려는 그 모습을 보며 흑노에게 한 방에 골로 가버린 자신의 옛일을 생각하며 씁쓸한 마음을 지울 수 없었다.

나지오에게 있어 흑노와 암노가 쓰러졌다는 것은 씁쓸한 것뿐 아니라 죽음까지 생각해야 하는 일이다.

진파진의 말대로 나지오는 여기서 마지막을 볼 생각으로 암노와 흑노를 데리고 왔다. 미내로의 마력에도 한계가 있어 나지오의 회복력을 비약적으로 상승시켜 주는 마법과 흑노와 암노를 다스리는 마법을 동시에 사용할 수 없기 때문이다. 하루의 삼분지 일인 네 시진 동안 지속적으로 암기와 검기를 뿌린 대원들도 모두 내력 고갈로 쓰러지기 일보 직전이다.

더 이상은 뒤를 생각하지 않고 싸움을 해야 한다.

극적인 상황이 확실하다.

그런데 이상하게도 나지오의 얼굴에는 기이한 미소가 살포시 자리 잡았다.

나지오는 자신이 익혀온 음양폭마검공의 숙련도와 경험으로 보았을 때 진파진의 안에서 맴도는 양마와 음마는 충돌 직전이라는 것을 알 수 있었기 때문이다.

네 시진간의 노력은 결국 이것 하나를 위한 것이다. 따라서 진파진이 확실하게 내력을 운용하게 하는 것이 중요했다.

나지오는 좌검에 혼신을 담아 우상에서 좌하로 비스듬히 손목을 꺾으며 몸 안에 존재하는 내력이란 내력은 모조리 끌어왔다. 그리곤 음양폭마검공의 비기, 음마수영강기(陰魔水影

罡氣)를 펼쳤다.

나지오의 입가에서 진한 핏줄기가 그려지며 턱 아래로 흘렀다. 나지오는 아직 검강을 시전할 만한 충분한 실력이 뒷받침되지 못한 채 음양폭마검공에 담긴 검형을 흉내 내며 무리해서 검강을 만들어내었기 때문이다.

절정고수의 모든 것이 담겨 있는 검강은 이상할 정도로 조용하고 은밀하며 빠르기 그지없었다. 진파진은 기이할 정도로 빠른 이 검강에는 다행히 강한 힘이 담겨 있지 않다는 것을 한눈에 파악하고는 피하는 것보다 막는 것이 효율적이라 생각했다.

나지오는 진파진의 의도를 파악하는 순간 속으로 미소를 그렸다.

황룡검에서 다시금 금빛이 일어나더니 곧 반월형의 강기가 쏟아져 나지오의 강기와 부딪쳐 공중에서 충돌했다.

진파진의 내력이 검으로 빠져나가는 순간, 사막과 같이 넓은 진파진의 몸속을 수없이 돌아다니던 양마와 음마가 결국 서로를 찾았다.

음양폭마검공(陰陽爆魔劍功) 합마폭살(合魔爆殺)이 마침내 이뤄졌고 진파진의 단전에서 거대한 내력의 폭발이 일어났다.

"크악!"

합마폭살은 미리 주입된 양마와 음마가 합쳐지며 몸속에서 폭발하여 기혈을 완전히 부숴 버리면서 목숨을 빼앗는다. 진 파진은 죽을 것 같은 고통에 다리를 부들부들 떨더니 황룡검 에 기대어 토악질하듯 진한 핏물을 입에서 게워내었다.

조화경의 고수는 환골탈태에 의한 최상의 신체를 가지게 된다. 금강불괴란 내와 외에 모두 적용되는 말이다. 그렇기에 진파진의 몸은 엄청난 기의 폭발에서 심각한 내상을 입었으 나 내력의 심장인 단전까지는 지켜냈다. 아니었다면, 진작 눈 을 뒤집고 죽었을 것이다.

입가의 붉은 핏물을 닦으며 진파진이 숨을 헐떡였다.

무리한 내력의 운용으로 얼굴을 찡그리며 자리에 주저앉던 나지오가 입술을 달싹거리자 그의 목소리가 멀찌감치 있는 피월려의 귓가에 맴돌았다.

이것은 기에 소리를 담아 원하는 방향으로만 보내어 밀어 를 전하는 수법인 전음(傳音)이다.

[조화경의 고수이기 때문인지 미치도록 길었지만 결국 합마 폭살을 이끌어냈다. 예상한 대로 금강불괴이니 견딜 것으로 생각했지만 생각보다 너무 건장해. 네 미끼 역할이 통하기를 빈다.]

피월려는 짧은 눈빛으로 나지오를 슬쩍 보고는 고개를 끄 덕였다.

그리고 머릿속으로 계획을 재빨리 훑고 연기를 시작했다.

피월려가 재빨리 진파진의 곁으로 다가가며 갑자기 놀란 표정을 지으며 크게 소리쳤다.

"피하십시오! 암격입니다!"

피월려의 목소리가 진파진의 고막을 침과 동시에 나무 위에서 총 네 시진 동안 하나의 수법만을 준비하던 초류선이 자신이 가진 모든 내력을 수검에 담아 탈영수검(奪靈手劍) 월광비검(月光飛劍)을 펼쳤다.

탈영수검의 유일한 비검술(飛劍術)이자 마지막 비기인 월광비검은 독특한 모양과 재질의 탈영수검이 육안으로는 도저히 보지 못할 정도로 빠르게 회전하며 공기를 뚫고 나아간다. 그렇기에 처음 출수될 때 엄청난 폭음을 동반하게 되는데, 공기 저항을 감수하고서라도 지극히 빠르므로 인간으로서 그 소리를 듣고 반응하는 것은 거의 불가능했다.

그러나 진파진은 피월려의 목소리를 듣는 순간 조화경의 감각이 예리하게 세워져 월광비검의 파공음을 듣고 비검의 존재를 파악할 수 있었다.

이미 진파진 옆으로 가까이 선 피월려는 검을 뽑은 상태로 탈영수검이 날아오는 방향으로 뻗어 그것을 쳐내려 했다.

그런데 그의 검날의 위치가 묘하게 틀어졌다.

진파진의 머릿속에 경종이 울렸다.

이것은 속임수다.

도와주는 척하며 암살하는 것.

바로 이중 암살이다.

매서운 속도로 쇄도하는 암기는 그저 미끼이며 진정한 암격은 피월려가 하는 것이다.

그러나 깊은 내상 때문인지 진파진은 내력을 끌어올릴 수 없었다. 그저 왼손으로 황룡검을 들고 암기가 날아오는 방향으로 정확하게 뻗었을 뿐이다.

초류선의 집약된 내력을 담은 수검이 황룡검의 끝과 충돌하는 순간 불꽃이 튀면서 그 강대한 힘이 황룡검을 타고 진파진의 왼손으로 흘렀다.

우두둑! 우둑!

금강불괴의 뼈조차 그 힘을 감당하지 못하고 부러져 버렸다. 하지만 내력의 힘이 뒷받침되지 못하는 신체가 고수의 내력이 집약된 암기를 일단 받아내었다는 것부터가 기적이다.

왼팔을 대가로 진파진이 얻은 것은 수검의 궤도를 조금 비틀어 그 도착점이 급소 중 급소인 인중에서 벗어났다는 것이다.

불꽃과 함께 황룡검의 검신을 타고 흐른 수검은 신파신의 왼쪽 귀를 뚫어버리고 진설린의 머리카락 몇 가닥을 자른 뒤에 나무에 박혀 들어갔다. 그 힘을 감당한 황룡검은 힘이 빠진 진파진의 손아귀에서 튕기듯 날아가 땅에 버려지듯 떨어졌다.

진파진의 귀가 통째로 사라진 곳에서 진한 선혈이 분수처럼 쏟아졌지만 일단 목숨은 건졌다.

진파진은 그 순간에도 피월려의 움직임을 놓치지 않았다.

그가 예상한 대로 피월려의 검은 진파진의 목젖을 노리고 있었다. 인중으로 날아드는 수검을 막으려는 척하면서 목을 노리는 것이다.

그러나 시간차가 생겼다.

사실 피월려도 어쩔 수 없었다. 용안의 힘을 빌려 수검을 보았으나 그것의 때를 맞추는 것은 본인의 신속함이 필요하다. 그리고 피월려는 수검만큼 빠르지 못했다.

그 작은 시간차가 진파진의 생로가 되었다.

진파진은 목으로 날아드는 검을 오른손의 날을 세워서 위로 쳐 내며 고개를 숙였다.

탁!

맑은 공명음과 함께 피월려의 검이 반동을 받았고, 진파진의 머리 위를 가까스로 지나갔다.

만약 이중 암살이라는 것을 알아차리지 못했다면 필사(必死)다.

진파진은 가슴을 쓸어내렸다. 그리고 내력 없이도 펼칠 수 있는 적당한 살초를 머릿속으로 그렸다.

내력도 없는 녀석쯤이야 한 번의 손짓이면 먼지가 된다.

진파진의 눈동자에 살기가 요동쳤다.

죽음의 문턱에서 피월려는 진설린와 단둘이 남게 되었던 오늘 아침을 회상했다.

제칠장(第七章)

나지오와 초류선이 숲속으로 사라지고 난 뒤, 피월려는 조심스럽게 진설린 앞에 섰다.

진설린의 모습은 핏기가 없이 새하얗다는 것만 빼면 그때 봤던 완벽히 아름다운 모습 그대로였다. 그런데 이상한 것이 있었다. 바라보는 것만으로도 마음을 요동치게 만들던 색기(色氣)가 온데간데없다는 것이나. 아무리 보고 있어도 심강은 평온했고 혈맥은 고요하게 흐를 뿐이다.

아름답다는 인식은 있다. 그러나 그것은 감정에 의한 것이 아니라 경험으로 모인 통계 정보로 인한 것이다. 눈이 이렇고

코가 이렇고 입술이 이러하면 미녀라는 이성적인 분석에 의한 결과에 가까웠다.

피월려는 스스로의 감정을 설명하기 어려웠다. 그는 자기도 모르게 진설린의 얼굴로 점점 다가갔다. 곧 그는 진설린의 공허한 눈동자를 한 치보다 짧은 거리에서 주시했다.

그때 그녀의 눈이 깜박였다.

피월려는 파랗게 질린 얼굴로 뒷걸음질을 쳤다.

그녀의 눈이 여러 번 연속으로 깜박였다.

정확히 그 숫자만큼 피월려는 뒤로 물러섰다.

"사, 살아 있소?"

"네."

질문은 대답을 얻는 것이 목적이나 피월려가 정작 진설린의 대답을 들었을 때에는 뭔가 표현할 수 없는 공포가 머릿속을 뒤흔들었다.

검이 심장에 박히고 며칠 만에 멀쩡해지는 사람은 없다.

귀신인가? 전설의 요괴인가?

뭐가 됐든 간에 인간은 아니다.

피월려는 그 자리에 엉덩방아를 찧어버렸다.

사람을 죽이는 것을 밥 먹듯 하는 무림인은 살인이라는 행위에 대처하는 마음가짐으로 크게 세 가지 유형이 있다.

첫째로 대부분의 흑도인들처럼 즐기는 것이다. 쾌락으로 죄책감을 덮어버리는 것, 혹은 약육강식의 논리를 믿는 것이다. 취약점은 살인 중독에 빠지기 쉽고 서서히 인성을 잃어버리게 된다는 점이다.

둘째로는 대부분의 백도인들처럼 대의명분을 내세우는 것이다. 간단히 말하면 죽여 마땅한 악인만을 처벌한다는 생각이다. 취약점은 살인의 대상을 선택함에 있어 기준을 두게 되고 그 기준을 스스로가 범하는 순간 몇 배, 아니, 몇 십 배에 달하는 정신적 충격을 받음과 동시에 자신을 용서할 수 없는 상태가 되어버린다.

세 번째로는 피월려처럼 아무런 감정도 갖지 않고 받아들이는 것이다. 스스로가 살인을 인정하고 그 살인으로 말미암아 지게 되는 모든 책임을 받아들이는 자세를 갖는다. 취약점은 점차 모든 일에 초연하게 되며 언제나 죽음의 공포에 시달린다.

세상에 죽은 이가 한 번 더 살아날 수 있는 기적이 퍼진다면 첫 번째 유형은 죽인 사람들을 다시 죽일 수 있다는 감격에 빠질 것이고, 두 번째 유형은 되살아난 악의 세력을 다시 한번 죽이겠다는 의지와 분노를 내보일 것이다.

세 번째 유형은 오로지 두려워한다.

사람을 죽일 때마다 볼 수밖에 없는 피가 언젠가 자신의 피가 될 것이라는 공포. 내가 흐르게 한 피로 인해 복수당할 것이라는 공포. 인성을 버리지도, 자기합리화도 선택하지 않은 무림인은 그것을 견딜 수 없다.

강해지고 또 강해지는 수밖에는 없다.

피월려는 검을 찾았다.

진설린은 미동도 하지 않은 채 눈동자만을 아래로 내려 공포에 질린 피월려를 죽은 듯한 눈빛으로 보았다.

"내가 두렵나요?"

피월려는 검을 뽑아 들었다.

그는 일어서지도 못한 채로 검을 진설린에게 겨누었다.

내력이 없는 피월려가 검기를 쏘아 보낼 리 만무했다. 그가 검을 겨눈 이유는 평정심을 유지하기 위함이었다.

피월려는 폐 속 깊은 곳까지 숨을 들이켰다.

그리곤 빨갛게 충혈된 눈을 부릅뜨고 진설린을 바라보며 단전까지 가득 찬 공기를 내질렀다.

"갈(喝)!"

악쓰는 피월려를 보며 진설린의 입가가 슬며시 올라갔다.

그리고 심금을 울리는 웃음소리가 흘러나왔다.

"호호호!"

"갈!"

"호호호!"

"갈!"

"호호……"

"갈!"

"……"

"갈!"

"그만해요, 이제."

"갈!"

"그만하세요. 시끄러워요."

"갈!"

진설린이 팔짱까지 껴 보였다. 그녀는 아미를 찌푸리며 말했다.

"부탁해요. 그만해 주세요."

꿀꺽!

침 삼키는 소리가 진설린에게까지도 똑똑하게 들렸다.

피월려는 몸이 마비된 양 그대로 굳어 있었다.

조금의 시간이 흐르고, 그는 자리에서 일어나며 검집에 검을 넣었다. 그는 얼굴을 돌리고 한동안 말없이 하늘을 보았다.

"주태를 봉서하시오."

"네."

"크흠."

헛기침을 한 피월려가 곁눈질로 진설린의 안색을 살폈다.

진설린은 방긋 웃는 표정으로 피월려를 계속 마주 볼 뿐이다.

그러나 피월려는 그녀의 눈동자에서 어떠한 생기도 찾아볼 수 없었다.

피월려는 기억을 뒤졌다.

나지오가 말한 미내로의 작품이 말하는 바가 무엇인가?

얼마 전에 미내로와 서화능이 대화하던 것이 생각났다. 그들의 대화는 대부분 머릿속에서 지워졌지만 좌도나 마법 같은 몇 개의 단어는 아직도 생생히 기억났다.

그때, 피월려의 머리를 혜성처럼 스치고 지나가는 말이 있었다.

"연구열을 존중하고 싶었습니다만 어르신의 강시로 인한 상처는 어르신밖에 치료할 수 없으니 부득이 이렇게 부르게 되었습니다."

피월려는 자기도 모르게 크게 소리쳤다.

"강시(疆尸)!"

진설린의 미소가 더욱 깊어졌다.

"눈치채셨나요?"

피월려는 이해할 수 없다는 표정을 지었다.

"강시라는 것은 이성이 마비되어 말은커녕 간단한 사고조차 하지 못하는 시체 인형이라 알고 있소. 그런데 진설린 소저는 어찌 살아 있는 사람처럼 말도 하고 생각도 할 수 있단 말이오?"

낙양제일미 진설린의 눈이 왕방울처럼 커졌다.

"내 이름을 어떻게 아시나요? 낙양제일미는 알아도 내 본명을 아는 이는 극히 드문데요?"

"그건… 소저의 오라버니와 조금 대화를 나누었을 뿐이오."

피월려가 그 이름을 들었을 때에는 몸도 정신도 녹초가 된 상태였다. 그때 딱 한 번 듣고는 들은 적이 없다. 그런데도 자연스럽게 그 이름이 생각난다는 것 자체가 피월려는 왠지 모르게 마음에 들지 않았다.

마음에 들지 않는다기보다는 자존심이 상했다.

이유는 그도 몰랐다.

진설린이 피월려의 기색을 살피며 되물었다.

"오라버니가요?"

피월려가 즉시 냉정한 눈빛으로 단호하게 말했다.

"요점을 흐리지 마시오, 진 소저."

"이번에는 진 소저네요? 진설린 소저라고 부르서도 소녀는 그리 마음 쓰지 않습니다만."

"내가 한 말을 다시 한번 말할 필요는 없다 생각하오, 진 소저. 그대는 정녕 강시가 맞소?"

진설린의 표정이 굳었다.

그녀는 피월려의 눈동자를 보았다. 맑고 깊었지만 미동조차
없는 확고한 눈동자이다.

그때 그 흔들림은 모두 어디 갔는가?

진설린은 울컥하는 기분이 들었다.

'누구 때문인데……'

그녀는 표독스러운 목소리로 토라진 듯 말했다.

"그래요."

"그러면 어찌 말을 하실 수 있소?"

"소녀는 아직 살아 있기 때문이죠."

"강시이지만 살아 있다는 것이오?"

"맞아요."

생강시(生殭尸)는 모든 강시 중에 가장 최상급으로 취급되
며 실제로는 존재하지 않는 전설이라고 말하는 사람도 있을
정도로 고금을 통틀어서 찾기 어렵다.

그 이유는 바로 살아 있는 사람을 강시처럼 만들어 제약
을 가해서 수족처럼 부리기 때문이다. 강시이지만 살아 있기
에 자아를 가지고 있으며 사고 능력도 인간과 다를 것이 없
다. 그와 동시에 강시의 공통 능력인 강력한 근골과 금강불괴
의 외피 또한 지니고 있어 그야말로 무림고수 한 명을 만들어

내는 것과 다를 바가 없었다.

"놀라운 일이오. 정말로 살아 있는 강시가 세상에 존재할 수 있다니."

"면전에서 그런 말은 실례 아닌가요?"

피월려는 물끄러미 진설린을 보았다.

그의 눈빛은 여전히 의문을 담고 있었다.

"그런데 이상하오."

"무엇이 또 말이죠?"

"난 그대가 내게 왜 이리도 호의적인지 이해하기 어렵소. 분명 나는 천마신교의 명으로 그대를 죽인 사람이오. 어떠한 적의도 없는 것은 왜 그렇소? 또한 천마신교의 일에 이리도 버젓이 가담하는 것 또한 무엇 때문이고, 지금 우리가 하는 일은……."

피월려는 순간적으로 척추를 타고 흐르는 긴장감에 혀가 굳었다.

지금 천마신교가 하는 일은 진파진을 죽이는 것이다.

결론은 간단하다.

진설린은 자신의 친부를 죽이려 한다.

진설린은 다시금 깊은 미소를 지었다.

전과 같은 미소이나 피월려는 왠지 모를 거북함을 느꼈다.

진설린이 말했다.

"이야기는 나중에 해요. 지금은 계획을 논할 때니까."

그녀는 태연한 얼굴로 피월려가 해야 할 일을 자세히 설명해 주기 시작했다.

*　　　　　*　　　　　*

피월려에게 살초를 펼치려던 진파진은 귓가에 울리는 차가운 목소리를 들었다.

"안녕히 가세요, 아버님."

섬뜩한 느낌을 받은 진파진이 본능적으로 내려다보았을 때, 진설린의 매끈한 손가락이 진파진의 단전을 지그시 누르고 있었다. 그 손가락은 놀라운 강시의 힘으로 금강불괴의 살과 뼈를 파고들어 갔다.

단전이 깨어지고 내력이 방출되며 모조리 사라졌다.

이중 암살이 아닌 삼중 암살이다.

암기뿐만 아니라 피월려 또한 미끼의 역할을 한 것이다.

진파진은 진설린이 살아 있으며 지금까지 기회를 엿보았고, 지금에서야 자신을 죽이려 한다는 사실을 깨달았다. 머리가 빠르게 회전했으나 점차 꿈에 빠져드는 것처럼 눈앞이 흐려지며 현실감이 사라져만 갔다. 그리고 진파진의 몸에 뚫려 있는 모든 구멍에서 새빨간 핏물이 배출되었다.

내력의 심장인 단전이 깨어지면 기혈이 뒤틀리고 혈맥이 폭주하여 조화경의 신체든 무엇이든 절대로 회복할 수 없는 심각한 중상을 입게 된다.

그러나 진파진은 포기하지 않았다. 그는 인간이 태어나면서 가지는 생기(生氣)이자 수명을 관장하는 선천지기를 끌어올렸다.

젊은 그의 피부에 갑작스러운 주름이 생기고 근골이 노화했다. 조화경을 이루며 반로환동으로 얻은 젊음을 다시금 잃어버리게 되었다.

진파진은 사력을 다해 반탄지기를 펼치더니 진설린을 떨쳐냄과 동시에 동쪽으로 치달렸다. 그는 그렇게 무작정 동쪽으로 도주했다.

도주라는 뜻밖의 행동에 피월려도 나지오도 점이 되어 사라지는 진파진의 뒤꽁무니만을 멍하니 쳐다보았다.

이렇다 할 명령이 떨어지기도 전에, 동쪽에 포진하던 마인들은 광풍을 몰며 달리는 진파진을 보자마자 검을 꺼내 들어 검기를 뿌렸다. 뿐만 아니라 검 자체를 진파진의 신체에 박아 넣으면서까지 그를 막으려 했다. 대부분 일격필살의 수법이나 동귀어진의 수법이었다.

그러나 진파진은 방어도 공격도 하지 않은 채 무작정 달리기만 했다. 검과 검기가 그의 몸을 찢어내고 뚫어도 그의 속도는 줄어들 기미가 보이지 않았다.

반 식경을 달렸을까? 아래 있는 사람이 개미보다 작아 보일 정도로 깊은 골짜기가 모습을 드러냈다.

진파진은 단 한 번의 망설임도 없이 투신했다.

어차피 죽은 몸이다.

그의 몸에는 십여 개의 검이 관통된 상태로 선혈이 낭자했다.

시체보다 못한 몰골의 진파진이 천 길 낭떠러지로 추락하기 시작했다.

가장 먼저 그를 따라온 초류선은 자유낙하를 시작하는 진파진의 위치를 찾은 즉시 품에서 세 개의 비도를 던졌다.

직선으로 날아가는 그 비도는 포물선을 그리며 떨어지는 진파진의 척추에 상, 중, 하로 나란히 박혀 들어갔다.

진파진은 정신을 잃었는지 비명조차 지르지 않았다.

그의 신형은 그렇게 골짜기 아래로 점이 되어 사라졌고, 곧 골짜기 밑에 흐르는 강의 급류에 휘말려 모습을 감추었다.

뒤늦게 도착한 나지오는 눈을 게슴츠레 뜨며 골짜기 아래를 주시했다.

그리고 곧 얼굴을 찌푸리며 말했다.

"명한다. 한 놈도 빠짐없이 내려가 머리카락 한 올까지도 뒤져."

그의 뒤에 서서 숨을 고르며 대기하던 제오대원들이 하나같이 대답했다.

"존명."

나지오는 진파진의 마지막 모습에 적지 않은 충격을 받았는지 한동안 진파진이 투신한 그 자리에서 움직이지 않았다.

곧 모든 태양빛이 모습을 감추고 하늘은 색을 잃었다.

나지오와 초류선을 제외한 모든 마인이 진파진을 수색하기 위해 사라졌고, 피월려는 가장 늦게 그 절벽에 도착했다. 몸 상태도 최악인 데다가 보법도 제대로 모르는 그가 가장 늦을 수밖에 없었다.

그는 오른손으로 황룡검을, 왼손으로는 자신의 검을 들고 있었다.

피월려가 보기에 나지오는 아쉬운 표정인지 혹은 씁쓸한 표정인지 알 수 없는 표정을 짓고 있었고, 옆에서 가부좌를 틀고 무아지경에 빠진 초류선의 호법을 서고 있었다.

피월려가 그들을 번갈아 쳐다보며 나지오에게 물었다.

"설마 절벽으로 투신한 것이오?"

"응."

"죽었소?"

"몰라. 찾고 있어."

"……"

이번엔 나지오가 물었다.

"낙양제일미는?"

생각해 보니 그녀에 대해서 신경 쓴 사람은 아무도 없었다.

아니, 황룡검을 챙겨야 하는 임무는 기억하면서 진설린을 챙겨야 하는 임무를 생각하지 못한 피월려는 자신에게 조소가 일어났다.

"모르겠소."

나지오는 어깨를 들썩였다.

"그래? 뭐, 별일은 없겠지. 근데 미안하지만 나도 한계야. 사실 선 매가 여자만 아니었으면 무조건 내가 먼저 하는 건데 말이지."

사실 피월려도 온몸이 비명을 지르는 것 같았다. 정오 전부터 해가 진 지금까지 미친 듯이 검을 놀렸으니까. 그러나 차마 오늘 죽음의 문턱을 여러 번 경험한 나지오에게 싫다고 말할 수는 없었다.

피월려는 고개를 끄덕이려 했다. 그런데 그전에 나지오가 먼저 털썩 주저앉아 가부좌를 폈다.

피월려가 그 모습을 보며 지금껏 말할 기회가 없었던 것을 나지막하게 물었다.

"한 가지만 물어보겠소."

"만날 그 소리야. 뭔데?"

"젊은 황룡검주의 생김새가 금룡을 빼닮은 것 같소. 한데 그 둘은 부자지간이 아니라 하지 않았소?"

"……."

"……."

나지오가 눈을 감으며 말했다.

"왜 그래? 무림에 일이 년 있던 것도 아니면서."

"……."

"호법 좀 부탁할게."

무림이란 곳은 너무나도 매력적이다.

그 사실에 피월려는 쓴웃음을 지을 뿐이었다.

나지오가 곧 무아지경에 이르자, 피월려는 적당한 바위 위에 걸터앉아 한숨을 깊게 내쉬며 주위를 경계했다. 그러나 노곤한 몸 때문인지 잡생각이 많이 들었고, 그 대부분은 진설린에 대한 것이었다.

＊　　　　＊　　　　＊

하루가 지났다.

아침부터 진시 초까지 대전으로 모이라는 명이 떨어졌다.

피월려는 자리에서 일어나 방 옆에 붙어 있는 욕실에서 몸을 씻었다. 욕실에는 한곳에서 물이 흘러나와 중앙에 작은 연

못처럼 고인 뒤에 다시 아래쪽으로 흘러 나가는 고급 수도 시설이 있었다. 복도가 괴상한 진법으로 이뤄져 있어 함부로 다닐 수 없으니 이렇듯 방 하나하나 별개로 욕실이 있을 수밖에 없는 듯했다.

피월려는 이곳이 과연 천마신교에서 건설한 곳인가 하는 의심이 들었다. 이런 수준의 건축물을 한 단체에서 은밀히 건설할 수 있을 리가 만무했다. 적어도 국가적인 차원에서만 가능할 것이고, 그렇다 하더라도 아무도 모르게 건설할 수는 없을 것이다.

고대 낙양이 수도였던 것을 생각하면 그 당시의 유적일 가능성이 컸다.

언젠가 한번 알아볼 가치가 있다.

피월려는 온몸을 찬물에 담그며 한동안 머리를 식혔다.

몸을 씻은 피월려가 욕실에서 나오자, 갖은 양념이 돼 있는 야채볶음과 밥이 이미 상 위에 차려져 있다. 주하는 그 옆에서 다소곳한 자세로 피월려를 기다리고 있었다.

피월려는 젖은 머리를 털어내며 물었다.

"어음, 식사는 하셨소?"

"예."

주하는 무표정한 얼굴로 일관했고, 피월려는 별 상관하지 않고 음식을 먹기 시작했다. 대화하는 사이가 되었다고 해도 주하가 살수라는 사실에는 변함이 없고, 살수는 웬만해서는 타인과 같이 식사하지 않는다.

그런데 주하의 눈빛이 머뭇거리며 입을 달싹달싹하는 것이 피월려의 신경을 매우 건드렸다.

"하실 말씀이라도 있으시오?"

"……"

"괜찮으니 하시오."

주하가 침을 꿀꺽 삼키더니 조심스레 물었다.

"전에 초류선 대주께서 피 공자와 말을 섞으셨다 하지 않았습니까?"

"언제를 말하는 것이오?"

"왜, 그… 피 공자께서 교인이 되시기 전에 말입니다."

피월려는 처음 초류선을 만났을 당시 그녀가 그를 침입자로 오해하고 경고의 말을 했던 것을 기억했다.

"흐음, 기억이 나는군."

"그때의 이야기를 조금만 들려주실 수 있겠습니까?"

주하의 호기심 가득한 눈빛에 피월려는 얼떨떨한 표정을 지었다. 사실 이 여인이 아직도 그 일을 기억하며 신경 쓰고 있을지는 꿈에도 몰랐기 때문이다.

"뭐, 좋소. 그런데 그것이 중요한 것이오?"

"예."

"왜 그렇게 중요하오?"

"그, 그것이……."

주하는 다시금 말을 더듬었고, 피월려는 답답한 기분을 느꼈다.

"아니오. 말씀하시기 곤란하면 그냥 말하겠소."

"……."

"내가 천마신교에 입교하기 전에 복도에서 길을 잃고 헤맬 때 이대주와 마주치게 되었소. 나를 침입자라 생각했던지 보는 즉시 암습했고, 나는 그것을 겨우 피해낼 수 있었소. 내 입으로 말하기 부끄러우나, 그녀는 자신의 수가 읽힌 것을 보고 감탄한 것이오."

피월려의 말이 끝나자 주하의 얼굴에 혈색이 돋아났다.

"아, 그렇습니까? 단지 경고와 감탄사를 말한 것이라 할 수 있겠습니다. 그러면 대화라고는 볼 수 없겠습니다. 말씀해 주셔서 감사합니다."

피월려는 고개를 까닥이고는 다시 밥을 먹었다. 그가 보기에 주하의 무표정은 변한 것이 없으나, 입꼬리와 눈꼬리가 작게 진동하는 것이 그녀의 기분이 매우 좋은 듯싶었다.

이유를 알 수 없는 피월려는 신경을 끄고 묵묵히 밥을 다 먹었다.

"맛있었소. 고맙소."

"아닙니다."

"이제 대전으로 가봐야 할 듯싶은데, 길을 안내해 줄 수 있겠소?"

"물론입니다."

피월려는 방문을 나서는 주하의 뒷모습을 보며 그녀의 기분이 좋다는 것을 확신했다. 모든 움직임에 거의 소리가 나지 않는 그녀가 발소리를 내며 걷는다는 것 자체가 그것을 증명하기 때문이다.

갑자기 그녀의 움직임이 우뚝 멈췄다. 앞에 누군가 그녀를 막아선 것이다. 하지만 주하보다 키가 작아 얼굴이 눈에 보이지 않았다. 피월려는 주하의 양옆으로 솟은 두 개의 긴 장검을 보고 주하의 앞을 가로막은 사내가 나지오라는 것을 알 수 있었다.

보통 남자의 어깨만 한 키를 가진 나지오는 보통 여자보다 키가 조금 큰 주하보다 작았다.

나지오는 두 손을 내저으며 뒷걸음질 쳤다.

"어엇? 미안. 갑자기 들어올 생각은 없었다고……."

"아닙니다. 그럼……."

조금 전까지만 해도 기분이 좋았던 주하에게서 갑작스레 싸늘한 목소리가 흘러나왔다.

그렇게 주하는 홀연히 피월려와 나지오를 놔두고 사라져 버렸다. 좋은 길 안내자를 잃어버린 피월려는 멋쩍은 표정을 짓는 나지오를 흘겨보았다.

"속이 좁은 여인이니 빨리 사과하는 게 좋을 것이오."

"뭘 사과해?"

"뭐가 됐든 간에 말이오."

"······."

피월려는 이 이야기를 더 길게 끌고 싶지 않아 말을 돌렸다.

"몸은 쾌차하셨소?"

피월려는 진파진과의 일전에서 나지오가 완전히 거지꼴이 되었던 것을 기억했다. 나지오는 미소를 지으며 혀를 내둘렀다.

"아니. 죽을 맛이야."

하지만 눈가가 검게 그을린 듯한 것만 빼면, 겉모습은 건강한 사내의 것과 비교하여 특별히 다른 것이 없었다.

"솔직히 말해서 겉으로 보기에는 멀쩡하오."

"인간이 속을 볼 수 없다는 게 아쉬울 뿐이지. 네가 가지고 온 황룡검이라는 녀석이 뭔지, 그걸 오늘 아침까지 무조건 해독하라고 명이 떨어져 죽는 줄 알았어. 주소군 그 녀석은 뭐가 그리 재밌는지 싱글벙글해서는······. 진짜 속을 알 수 없는 녀석이라니까."

피월려는 나지오가 하는 말에 집중하지 못했는데, 그 이유는 주소군이 주하만큼이나 소리가 나지 않는 신묘한 발걸음으로 나지오의 뒤에 유령처럼 다가온 것을 보았기 때문이다.

주소군이 나지오의 뒤에서 속삭이듯 말했다.

"누가요?"

나지오가 검을 빼 들지 않는 것이 천만다행이었다. 그는 살기가 짙게 물들어 그 눈빛만으로도 살인할 수 있을 것 같은 표정을 지으며 뒤를 돌아보았다. 그러나 주소군의 얼굴을 확인하자마자 숨을 깊게 내쉬더니 원래의 표정으로 돌아갔다.

"부탁인데, 뒤에 좀 있지 마."

"나 형의 진정한 내면은 언제 보아도 재밌네요."

"하아, 참. 나이도 어린 게."

"그래도 내공은 내가 높아요. 마인으로서의 경력도."

"어쭈? 이거 봐라? 함 붙어?"

주소군은 나지오의 말을 가볍게 무시하며 피월려를 보았다.

"대전 회의가 시작해요. 빨리 가죠, 우리."

"물론이오."

피월려는 주소군과 나지오의 알 듯 모를 듯한 미묘한 관계에 살포시 미소를 지었다.

셋은 복도를 걷기 시작했다.

처음 말문을 연 것은 주소군이었다.

"대단한 싸움이었다면서요? 피 형과 낙양제일미의 공이 매우 크다고 들었어요."

자신의 이름이 쏙 빠진 것을 못마땅하게 생각한 나지오가 뚱한 표정을 지었다.

"누가 그러디?"

"초 소저가 직접 그랬어요."

"초류선이?"

"초류아 소저가요."

피월려는 초류아라는 여인과의 일을 생각하며 왠지 모를 수치심에 얼굴이 굳었다. 육중한 유방과 잘록한 허리가 저절로 연상되는 것을 애써 지웠다.

나지오가 중얼거리듯 말했다.

"공은 모르겠지만 가장 극심한 피해를 입은 건 우리야. 오십이 넘게 죽었다고."

주소군의 눈이 달처럼 동그랗게 변했다.

"에에? 겨우?"

"……"

"정말 대단하시네요. 아무리 천라지망이라 하나 겨우 인마급 오십의 희생으로 조화경의 고수를 잡아내다니. 그들은 흑룡대 오십이 해낼 역할을 충분히 감당했군요."

나지오는 멍한 표정으로 주소군을 바라보더니 곧 머리를

긁적였다.

"그, 그런가? 난 너무 많이 죽었다고 생각했는데……."

"아니에요. 오십이면 최소한의 피해죠."

나지오는 갑자기 머리카락을 쥐어뜯더니 두 팔을 아무렇게나 휘저었다.

"아, 몰라. 짜증 나. 그런데 말이야, 제오대, 제이대, 그리고 제육대까지는 황룡검주, 그리고 지부장님과 제삼대, 제사대가 황룡무가였지, 아마? 그러면 그동안 제일대는 뭐 했어?"

주소군은 손을 턱으로 가져갔다.

"서 소저는 항상 그랬듯 지부에 남았고, 신물주께서는 어디로 갔는지 도통 안 보이셨죠. 저와 대주님, 그리고 호 형은 낙양 여기저기 퍼져 있는 황룡무가의 뿌리를 뽑았어요."

"호 형? 설마 호사일이 돌아왔어?"

"네. 어제 정오쯤에요. 오자마자 임무를 맡아서 저하고 같이 행동하셨어요. 먼 거리를 쉬지 못하고 오셨는데 또 임무를 하느라고 매우 힘드셨을 거예요."

나지오는 경악한 표정을 숨기지 않았다.

피월려는 호사일이라는 자가 어떤 사람인지 궁금해져 나지오와 주소군을 번갈아보며 그들의 대화에 귀를 기울였다.

나지오가 물었다.

"북해빙궁의 일은 잘 끝났대?"

"은유적으로 물었으나 대답은 하지 않으셨고, 표정이 별로 좋지 못했어요."

"오늘 대전에서 보고하려나?"

"글쎄요. 오늘 대전 회의에는 안건이 너무 많은지라 생략될 수도 있겠네요. 아무리 중요한 임무였다 하나 홀로 맡은 임무이니 공개적으로 보고할 필요는 없지 않겠어요?"

가만히 듣고 있던 피월려가 슬며시 대화에 참여했다.

"오늘 대전 회의에는 무슨 안건들이 있소?"

그 말에는 나지오가 양팔로 뒷머리를 받치며 말했다.

"하나 확실한 건 내가 들을 말은 질책이라는 거야."

피월려는 진파진이라는 조화경의 고수를 죽이는 엄청난 일을 하고도 질책을 받는다는 것이 선뜻 이해가 가질 않았다. 오십의 희생 또한 주소군이 최소한의 피해라고 말할 정도이니 그것 때문에 질책을 받는다는 의미도 아닐 것이다.

만약 질책을 받는다면 그 이유는 단 하나, 임무를 완전히 수행하지 못했기 때문일 것이다.

"황룡검주가 살아 있소?"

정곡을 찔렀는지 나지오가 눈살을 팍 찌푸렸다.

"시체를 못 찾았어. 곱게 죽을 것이지. 젠장."

피월려는 진파진의 마지막을 생각하며 말했다.

"그런 외내상(外內傷)을 입고 선천지기까지 끌어올린 사람은 절대 살아날 수 없소."

"우리가 사냥한 건 신(神)이야. 사람이 아니라."

"……"

"반각이면 전신에서 피를 내뿜으며 죽는 합마폭살이 하루의 삼분지 일이나 걸렸고, 또 죽이지도 못했어. 조화경의 몸뚱이는 상식을 벗어나지. 그러니 외, 내상이든 선천지기든 간에 아무것도 확언할 수 없어."

나지오는 앞에 보이는 대전의 문을 걷어차듯 먼저 열고 들어갔다. 피월려와 주소군이 서로를 마주 보더니 곧 그 뒤를 따랐다.

*　　　*　　　*

통상적인 보고로 대전 회의가 시작되었다.

가까스로 하품을 참으며 겨우겨우 자세를 유지하던 피월려는 갑작스러운 기류의 변화에 눈을 동그랗게 뜨고 주위를 둘러보았다. 반 시진이 흐르도록 이토록 많은 동요를 일으킨 적이 없는지라 피월려의 시선이 자연스레 사람들을 바라갔다.

그리고 그가 따라간 곳에는 한 건장한 노인이 백발 백미를 휘날리며 자신감에 찬 눈빛과 표정으로 당당히 대전 중앙으로 걸어 들어왔다.

그의 주위에서 풍기는 기류는 마인들의 마기와 팽팽히 맞설 정도로 강한 것이어서 한눈에 그가 범상치 않은 수준의 무공을 익혔을 것이라 짐작할 수 있었다.

그는 서화능 앞에 섰다.

"뒤에서 보아하니 일의 끝마무리는 잘 지어진 듯하오."

굵직한 목소리가 대전을 울리자 서화능은 고개를 크게 끄덕이며 대꾸했다.

"물론이외다. 본 지부는 황룡무가의 기초를 다시금 다지는 일에 동참한 사실에 매우 만족하오."

"좋소. 그렇다면 약속하신 신물을 주시오."

서화능은 옆의 시녀에게 손짓하였고, 그녀는 고급 비단으로 동여매어진 보검을 가지고 왔다.

그것은 황룡검이었다.

"받으시오. 새로운 황룡검주가 된 것을 축하하오."

그 노인은 검을 양손으로 받들고 북쪽을 향해 절을 하며 말했다.

"본 진파굉은 황룡검주로서 황룡무가의 유지에 따르겠습니다."

진파굉은 바로 전 황룡검주이자 조화경의 고수이며 낙양제일미 진설린의 아버지인 진파진의 동생이다. 그는 머리를 땅에 박고 한동안 일어나지 않았다. 한동안 지속되는 묘한 침묵

속에 누구도 범할 수 없는 엄숙함이 자리 잡았다.

그가 일어났다.

"형님은 어떻게 되었소?"

서화능이 대답했다.

"죽었소."

"시신은?"

"찾지 못하였소."

"……."

진파굉은 또다시 한동안 침묵했다.

서화능이 먼저 입을 열었다.

"황룡무가의 많은 무인이 죽었소. 제압하는 과정에서 일어난 일이니 이해하길 바라오. 또한 진설린은 천마신교에 입교하였소. 그 점 또한 이해하길 바라오."

다소 강압적인 말투였지만 진파굉은 작은 한숨을 쉬는 것이외에 할 수 있는 것이 없었다.

"내 천마신교와 뜻을 같이하기로 작정한 때부터… 황룡검주의 꿈을 이루기로 작정한 때부터 이미 예정된 일이오. 신경쓰지 않소."

진파굉은 몸을 돌렸다.

그의 시선이 잠시 진설린에 머물렀으나 곧 정면을 응시하며대전 밖으로 나갔다. 반대로 진설린은 진파굉의 뒷모습이 사라질 때까지 낮게 가라앉은 눈빛으로 그를 바라보았다.

피월려는 숙부와 조카의 미묘한 시선을 보며 황룡무가의 일에 대한 자초지종을 그릴 수 있었다.

평소 형을 시기한 동생이 형이 주화입마에 들어서자 그를 몰아내고 가주가 되려고 외부의 인사와 손을 잡았다는 이야기는 이제 삼류소설에도 잘 나오지 않을 정도로 흔해 빠진 것 아닌가.

그러나 피월려는 아직도 진설린의 패륜만큼은 이해할 수 없었다. 무엇이 진설린으로 하여금 마교와 결탁하여 황룡검주 진파진을 죽이게 하였는가? 피월려는 잠시 사색에 잠겼다.

"입교식을 거행하지. 진설린, 앞으로 나와라."

낙양제일미 진설린은 우월한 자태를 뽐내며 중앙으로 걸어 나왔다. 중원에 몇 없는 거대 도시 중 하나인 낙양에서, 가장 아름답다고 칭송받는 그 여인의 걸음은 잔악무도한 천마신교 마인들의 마음을 경건하게 만들 정도로 성스러웠다. 인간의 미의 범주를 한참 벗어난 그 비현실적인 아름다움은 무릇 남성들의 시선뿐만 아니라 여성들의 시선도 모조리 강탈했으며, 마음까지도 송두리째 빼앗았다.

그녀는 대전의 중앙에 무릎을 꿇고 고개를 숙였다.

"마지막으로 묻겠다. 존명으로 답하라."

진설린은 고운 입을 열어 마음을 맑게 만드는 청명한 목소리를 내었다.

"존명."

"천마신교의 절대적 법칙은 상명하복이다. 명 뒤에는 오로지 존명만이 있을 뿐이고, 존명할 수 없다면 무공을 쌓아 보다 위에 올라서야 한다. 이 피의 철칙을 지키는 것이 천마신교의 마인으로 가지는 절대적 법이다. 그래도 넌 마인으로 거듭나겠는가?"

"존명."

"마공을 익히지 못한 진설린의 입교는 특수한 경우임으로 우선 임시로 제일대에 속할 것이다."

"존명."

모든 마인이 하나같이 대답했다.

피월려의 때와 마찬가지로 속전속결이었다.

그 이후에는 지루한 시간이 흘렀다. 이제 막 낙양지부에 들어온 피월려가 관심 있게 들을 수 있을 만한 것은 하나도 없었기 때문에 그는 억지로 감기는 눈꺼풀을 들기 위해서 안간힘을 써야 했다.

결국 따분한 내선 회의를 끝마친 피월려는 포상으로 주어진 거금을 들고 대전에서 나왔다. 그런데 안타깝게도 주하가 옆에 없어 자신의 방을 찾아 헤매는 데 오랜 시간을 들여야 했다. 그는 창문의 색이 연한 적색에서 점차 짙어질 때쯤 겨우 방에 도착할 수 있었다.

막 문을 열려고 하는데 저만치에서 진설린이 걸어오는 것이 보였다. 대전에서 말 한번 섞지 못하고 헤어졌는데 이렇게 바로 만난 것이다.

천마신교 낙양지부 내부의 진법으로 복도에서 누군가와 마주치는 것은 같은 목적지를 가지지 않는 이상 매우 어렵기 때문에 피월려는 그녀가 자신을 만나러 온 것이라 생각했다.

"여긴 어쩐 일이시오, 진 소저?"

"어? 피 공자시네요? 그런데 그게… 에, 에, 잘 모르겠어요!"

손가락을 입에 살짝 깨무는 그녀는 묘한 백치미를 풍겼다. 하지만 전에 보았던 마성의 색기는 한없이 옅어져 있었다.

피월려는 처음 진설린을 만난 그 밤을 평생 잊지 못할 것이다. 그때 본 그 완벽한 미모는 머릿속에 뚜렷하게 각인되어 도저히 지워지지가 않았기 때문이다.

그런데 지금의 행동은 마치 어린 소녀와 같았다. 아마 생강시가 되면서 성품이 어려진 탓이리라. 그 고귀했던 자태는 아마 이제는 다시 보기 힘들 것이다.

피월려는 안타까운 마음을 숨기며 물었다.

"방을 배정받았소?"

"으응……. 예. 그런데 여기가 양천이 아닌가요?"

그래도 그녀는 충분히 아름다웠다. 피월려는 그녀의 작은 콧소리에도 얼굴이 달아오르는 것을 느끼며 헛기침했다.

"그, 그것은 맞소."

"그렇죠? 그럼 맞겠죠."

진설린은 피월려를 향해 방긋 웃더니 피월려의 방문을 열고 아무렇지도 않게 들어갔다. 피월려는 너무나도 자연스러운 그녀의 걸음에 순간 그 방이 자신의 방이라는 것도 잊어버렸다.

"자, 잠시만."

피월려는 진설린을 따라 방 안으로 들어갔다. 그러자 진설린이 뒤를 돌아보며 사슴같이 초롱초롱한 눈빛을 빛내며 입술을 작게 모았다.

"흐응……. 여인의 방에 그렇게 함부로 오시면 안 돼요."

"여기는 내 방이오."

"예?"

"내 방이라고 하였소."

진설린은 아이처럼 울상을 지어 보였다.

"그럼 제 방은 어디죠?"

피월려가 알 턱이 없다. 그러나 그에 대한 대답은 방문의 뒤쪽에서 들려왔다.

"여기가 맞소."

피월려가 기억하기에 그 목소리는 박소을 대주의 것이다.

어느새 나타났는지 허름한 차림의 박소을이 방문을 통해 안으로 터벅터벅 걸어왔다. 그는 손에 들고 있던 두 개의 책자를 상 위로 내던지고는 말했다.

"진설린의 방은 여기가 맞소."

박소을이 의자에 턱하니 앉았다.

진설린은 우쭐한 눈빛으로 피월려를 돌아보았고, 피월려는 눈동자를 애써 돌리며 항의했다.

"그럼 제 방은 어딥니까?"

박소을 대주의 대답은 간단했다.

"여기오."

"무슨 뜻입니까?"

"자네 방도 진 소저의 방도 여기라는 것이오."

"……"

"……"

박소을은 그들의 표정을 느긋하게 감상하고 나서 두 책자를 앞에 내보였다.

*　　　　*　　　　*

어색하다.

방 안에는 온몸의 털을 밀어버리고 머리카락을 뽑아버려도

성이 차지 않을 만큼 어색한 기류가 흘렀다.

침상의 양끝에 걸터앉은 두 남녀는 서로에게서 등을 돌린 채 각자 든 책자만을 뚫어지게 보았다. 아무렇지도 않은 듯 그들은 천천히 책장을 넘기고 눈을 숨 가쁘게 움직이며 글에 집중하는 듯 보였다. 하지만 진설린도 피월려도 자신이 지금 무엇을 읽고 있는지 전혀 알지 못했다. 하루를 정독해도 그 끝자락조차 얻기 힘든 심오한 내공심법을 온갖 잡생각이 가득한 상태로 독해하고 받아들이는 것은 생각의 속도를 가속하는 용안으로도, 하늘이 질투한다는 천음지체의 오성으로도 가능할 수 없었다.

참다못한 피월려가 수십 번의 고민 끝에 결심했다. 그는 최대한 자연스럽게 목을 조금 기울이며 눈발의 핏줄이 돋도록 양 눈동자를 오른쪽 끝으로 모았다. 그리고 상 위에 놓인 작은 거울에 초점을 맞춰 진설린의 옆모습을 보았다.

'헛!'

피월려는 속으로 작게 소리를 지르며 재빨리 눈을 돌렸다.

그의 머릿속에 남은 거울의 상에는 피월려의 모습과 정확한 대치를 이루는 진설린의 눈동자가 그려져 있었다.

둘 다 곁눈질로 은근슬쩍 서로를 보려다가 눈이 마주친 것이다.

그러한 생각이 피월려와 진설린에게 미치자 그들은 온몸이 꼬이는 민망함을 느꼈다. 피월려는 머리를 긁적였고, 진설린은 고개를 폭 숙였다.

그들의 대치는 그렇게 한동안 계속되었다.

책장이 펄럭이는 소리 외에 방 안은 숨소리조차 들릴 정도로 고요했고, 때문에 피월려와 진설린은 숨을 쉬는 것조차 신경을 쓰기 시작했다.

곧 도저히 견디다 못한 피월려가 자리에서 벌떡 일어났다.

그 소리를 들은 진설린이 슬며시 그를 바라보았다.

"잠시 실례하겠소."

피월려는 딱딱한 어조로 툭 내뱉고는 서둘러 방 밖으로 나갔다.

탁!

방문이 닫히고 피월려는 닫힌 방문에 기대면서 쓰러지듯 앉았다.

"하아……."

그는 무심코 손에 들린 책자를 보았다.

극양혈마공(極陽血魔功).

천마신교 내에 존재하는 최상급 마공 중에 태극음양마공(太極陰陽魔功)이라는 휘황찬란한 이름의 마공이 있다. 그것은 마공이지만 음과 양의 조화를 중요시하여 익히는 자는 음양을 골고루 사용할 수 있으며 순도 높은 대자연의 기를 내공으로 만들 수 있다.

문제점은 너무나 조화에 치우치다 보니 마공의 탈만 썼지 백도의 내공과 다를 것이 없어 내력을 쌓는 속도가 매우 느리다는 점이다. 그러나 일단 익히게 되면, 고수가 되면 될수록 점차 중요해지는 내공의 질에 있어서 다른 마공들과 비교조차 할 수 없을 정도로 월등히 높다. 그렇기에 나이를 먹어 은퇴하고 별다른 할 일이 없는 원로원의 노마두(老魔頭)들이 취미 삼아 하는 마공 연구의 주역이 되었다.

태극음양마공에서 음과 양의 조화를 무시하고 동시에 한쪽으로 치우쳐 질을 떨어뜨리면 그만큼 양을 늘리기 쉽다. 그러나 그 조화를 무시하면 태극음양마공의 묘리가 무의미해진다.

이 문제를 풀려고 지금까지 감히 시험도 하지 못할 괴상한 변형물들이 튀어나왔는데, 그중에서도 만든 이의 뇌를 심히 의심하게 하는 것이 바로 피월려가 가진 극양혈마공과 진설린이 가진 극음귀마공(極陰鬼魔功)이다.

사실 그 이론은 간단하다. 바로 한 남자가 양을 맡고 한 여자가 음을 맡이 내공의 양은 각자 수련하여 키우고 음양합일을 통해서 내공을 걸러내면 어떨까 하는 것이다.

그러나 이것은 너무나도 현실성이 없다. 각각의 몸에서 생성되는 음과 양이라 그 성질도 다를 것이며, 융합의 가능성도 미지수이다. 그리고 또한 음양합일로 내공을 조화시키려다 그대로 상대방에게 빼앗겨 버릴 수도 있는 신뢰의 문제도 있으며, 음양합일을 통하여 여인이 임신하게 될 경우 어떠한 문제가 발생할지도 의문이다.

처음 들을 때는 그럴싸하지만 생각하면 생각할수록 고개를 젓게 하는 것이다. 지금까지 몇 번의 시도는 있었고, 처음에는 이론적으로 매우 빠른 속도의 정순한 내공을 쌓을 수 있었다. 그러나 결국 이런저런 이유로 그 누구도 성공하지 못한 극음귀마공과 극양혈마공은 결국 최상급 마공임에도 불구하고 점차 사람들에게 잊혀졌다.

그것이 피월려와 진설린에게 주어진 것이다.

즉, 피월려와 진설린은 극양혈마공과 극음귀마공을 익히며 지속적인 음양합일을 통하여 태극음양마공을 완성해야 하는 것이다.

피월려가 심각하게 생각하는 점은 마공의 위험성도 그렇지만, 남녀가 밤을 지새우는 음양합일에 더 무게가 실렸다.

생판 모르는 남녀가 관계를 맺는 것도 매우 민망한 일인데, 자신이 검으로 심장을 꿰뚫은 여자와 함께 매일 밤을 지새우라니⋯⋯.

"암살당하기 딱 좋군."

지금까지의 진설린은 그에게 어떠한 악의도 없었다. 마치 자신을 죽인 사람이 누구인지 기억조차 못하는 듯 피월려에게 호의적으로 대했다.

그러나 피월려는 여자라는 생물의 타고난 연기력을 안다. 특히 남심을 울리는 미녀가 마음먹고 하는 연기는 어떤 남자라도 절대 간파할 수 없다.

피월려는 결심을 하고는 다시 방 안으로 들어섰다.

그가 들어오는 것을 보자마자 침상 구석에 앉아 있던 진설린이 앞머리를 정리하는 척하며 손으로 얼굴을 가리고는 물었다.

"역시… 조금 민망하죠?"

피월려는 대놓고 그녀 옆에 앉았다. 다소 거친 그의 행동에 진설린은 눈을 동그랗게 뜨고 그를 보았다.

피월려의 눈빛은 진지했다.

"내 눈을 직시하고 대답해 주시겠소?"

평소보다 낮은 저음에 진설린은 당황해하면서도 피월려의 말대로 그의 눈을 직시했다.

"무엇을요?"

"혹시 본인의 죽음에 대해서 나를 원망하시오?"

"……"

"대답해 주시오."

진설린은 대답하지 않고 그의 눈빛을 피했다. 마치 부끄러워서 그런 듯 보였으나 피월려는 그녀의 눈빛이 마지막에 순간적으로 차가워진 것을 놓치지 않았다.

"원망하지 않아요."

진설린의 목소리는 긴장한 듯 가늘게 떨렸다. 그러나 피월려의 눈빛은 더욱 강렬해질 뿐이었다.

"그대는 지금 거짓을 말하고 있소."

"아닌데요?"

"어찌 자기를 죽인 사람을 용서할 수 있다는 것이오?"

"제가 원한 일이니까요."

"흥! 누구도 죽기를 원하는 사람은 없소."

진설린은 고개를 돌려 피월려를 보았다.

그녀의 표정에는 그 어떠한 감정도 존재하지 않았다.

"나는 그랬어요."

"……"

무심한 그 목소리에 피월려는 자기도 모르게 조금 뒤로 물러났다.

"그대를 원망하지 않아요."

"……"

"정말이에요."

"그래?"

비릿한 미소를 지은 피월려는 갑자기 그녀에게 다가왔다.

그리고 우악스러운 손길로 그녀의 옷을 붙잡았다.

"까악!"

진설린은 소리를 지르며 온몸을 흔들어댔다. 그 순간 피월려는 그녀를 확 밀어제치며 검에 손을 옮겼다.

"내가 제대로 느낀 게 맞는다면, 이건 살기(殺氣)인데… 설명해 주시겠소?"

진설린은 눈가에 맺힌 눈물을 훔치면서 표독스럽게 말했다.

"지금 나를 겁탈하려 했잖아요!"

"그래서 살기를 내뿜는다? 여인이 겁탈을 당하려 할 때 가장 처음 느끼는 감정이 상대를 죽이고 싶다는 마음이라는 것이오?"

"당연하죠! 남자라 이해하지 못하겠지만, 여인에게 순결은 목숨과도 같은 것이에요!"

"수, 순결? 아, 하하하!"

피월려는 어이없다는 듯이 그녀를 비웃었다. 진설린은 경계하는 눈빛으로 그를 보며 물었다.

"왜 웃죠?"

"목숨보다 소중한 것이라……. 그대는 죽고 싶어 했잖소? 하지 않았소? 그런데 갑자기 목숨보다 소중한 순결이라니… 터무니없군."

피월려는 한 가지를 깨달았다.

지금 그의 앞에 있는 여인은 무림인이 아니다.

그녀는 여자다.

황룡무가라는 울타리에서 커온 병약한 소녀인 것이다.

그제야 피월려는 진설린의 감정을 이해하기 시작했다. 그러나 그것은 이해에서 그칠 뿐이지 그 이상도 이하도 아니다. 그가 살아온 냉혹한 무림 세계는 잔인한 곳이었고, 그를 잔인한 사람으로 만들었다.

"진설린 소저."

서늘하기 짝이 없는 소리에 진설린의 눈동자가 놀람과 두려움으로 물들었다.

"왜, 왜 그러시죠?"

"그대는 왜 아버지를 죽였소?"

"……."

뜻밖에 질문에 진설린은 아무런 말도 할 수 없었다. 피월려가 말을 이었다.

"어찌하여 그런 패륜을 저질렀고 본인의 가문이 패망되기까지 본 교를 도운 것이오? 그것을 말해보시오."

진설린은 가까스로 떨리는 목소리를 진정시키며 토해내듯 소리 질렀다.

"그, 그건 당신이 상관할 바가 아니에요!"

비명과도 같은 그 소리는 피월려에게 어떠한 영향도 끼치지 못했다.

"그렇소. 내가 상관할 바가 아니지. 그러나 그대가 그런 패륜을 저지른 이상, 그리고 이 본 교에 입교한 이상 그대는 더는 소녀가 아니오. 범인도 아니오. 그대는 무림인이오."

"무림인이라고요?"

진설린은 혐오스러운 기분을 표정에 드러내었다. 그러나 피월려는 냉담하게 다시 각인시켰다.

"그렇소."

"……"

"그리고 같은 무림인인 내가 그대가 저지른 패륜에 대해 상관할 수 없소. 그대의 말이 옳소. 나는 그럴 자격이 없지……. 그러나 마찬가지로 순결이니 하는 단어는 내뱉지 마시기 바라겠소. 그대도 그럴 자격이 없소. 무림인이기 때문이오."

진설린은 양손으로 입을 가렸다. 그리고 핏발 선 눈망울에서 진한 눈물이 또르르 흘러내렸다.

피월려는 아랑곳하지 않고 말을 이었다.

"그대를 호위하던 네 명의 사내를 내가 죽였을 때 그대는 내게 그들은 충성스러운 부인들이라 말했소. 그리고 나는 그들이 약한 무인이라 말했소. 그 의미를 되새기시오, 진 소저."

형용할 수 없는 감정의 파도가 진설린을 삼켰고, 그녀는 양손으로 눈가를 훔치며 그 즉시 자리를 박차고 밖으로 나갔다.

그녀가 나가는 길에 눈물 자국이 그려졌다.

피월려는 한동안 그 눈물 자국을 응시했다.

그런 그의 앞에 주하가 모습을 드러냈다.

"꼭 그렇게까지 하셔야 했습니까?"

"지금 여인을 울려서는 안 된다는 말을 하고 싶은 것이오? 어린 소녀라 할지라도 목표라면 손쓸 때 자비가 없는 천마신교의 살수가 그런 말을 내게 하다니 의외이오."

피월려는 주하와 눈조차 마주치지 않았다.

침묵하던 주하가 물었다.

"왜 화가 나셨습니까?"

"솔직히 모르겠소. 그냥 이도저도 아닌 인간을 보면 화가 나오. 패륜을 저질러놓고 순결이라니… 참나."

피월려는 양손으로 머리 뒤를 받친 뒤에 눈을 감고 침상에 드러누웠다. 주하는 그 모습을 묘한 눈길로 보다 곧 진설린을 찾으러 밖으로 나갔다.

방 안에 홀로 남은 피월려는 이유 모를 화를 가라앉혔다. 그러나 도저히 기분이 나아질 기미가 없었다.

그는 극양혈마공을 펼쳐 정독하기 시작했다. 하나에 무작정 집중하는 것만큼 잡생각을 뿌리치는 좋은 방법도 없다.

*　　　　*　　　　*

똑똑.

피월려가 방문을 두들기자 안에 있던 박소을이 물었다.

"누구이오?"

"피월려입니다."

"들어오시오."

방문을 연 피월려가 처음 느낀 것은 바로 어둠이었다. 오로지 책자가 놓인 상 위에 있는 두 개의 촛불만이 일렁이며 음산한 방 안을 겨우 밝혀주고 있었다. 박소을의 그림자가 병풍위에서 흔들거렸고, 불빛이 먼 곳은 흡사 어둠이 집어삼킨 것같아 방 안의 크기를 짐작할 수 없었다.

"일대주를 뵈옵니다."

피월려가 인사했다.

박소을은 피월려가 찾아온 이유를 알지 못하여 의문을 담은 표정을 지었다.

"극양혈마공을 모두 외우고 이해한 후에 나를 찾아오라 하지 않았소? 그런데 왜 반나절도 지나지 않아 이곳에 온 것이오?"

"그것이……."

박소을은 책자를 덮었다.

"마공이 마음에 들지 않소?"

피월려는 박소을의 심기가 불편해졌다고 생각하고는 공손히 대답했다.

"그건 아닙니다. 단지 왜 굳이 진 소저와 함께 익혀야 하는 마공을 제게 주셨는지 그 부분이 의문입니다."

박소을은 피월려를 빤히 쳐다보다가 대답했다.

"그 마공은 지부장께서 택한 것이지 본좌가 택한 것이 아니오. 그러나 본좌가 생각하는 지부장의 의도에는 세 가지 이유가 있소."

"그 세 가지가 무엇입니까?"

"첫째로는 피 대원과 낙양제일미가 태생마교인이 아니라는 점이오. 본 교의 모든 마공은 역혈지체(逆血之體)를 기반으로 만든 것이기 때문에 역혈지체를 이루지 못하면 어떠한 마공도 익힐 수 없소. 따라서 맨 처음에 역혈지체를 이루는 것이 중요한데, 그런 입문마공(入門魔功)은 극히 제한적이오. 극양혈마공과 극음귀마공은 그대들에게 가장 알맞은 입문마공이오."

"그렇다고 하나, 입문마공이라는 것이 꼭 그 두 가지만 있는 것은 아니지 않습니까?"

"물론 그렇소. 그러나 내공 중에서 가장 극상으로 취급되는, 흔히 신공(神功)급의 입문마공은 태생마교인과 같은 수준의 충성심이 인정된 후에나 관람할 수 있소. 태극음양마공 또한 그 범주에 들어가는데, 아직 검증이 되지 않은 피 대원이 나 낙양제일미가 익힐 수 없으니 그 변형물인 극양혈마공과 극음귀마공으로 대체한 것이오. 이것이 두 번째 이유이오."

"신공급의 입문마공이라……. 듣고 보니 서화능께서 저와 진 소저에게 어떻게 해서든지 최상급의 마공을 익히게 하려 하는 것 같습니다만, 왜 이런 호의를 베푸시는지 이해가 가지 않습니다."

박소을 대주의 입가에 보일 듯 말 듯한 애매한 미소가 그려졌다.

"절대 호의가 아니외다. 단지 현 낙양지부에는 인마급 이하의 무인 입교를 받아줄 이유가 없기 때문이오."

"……."

간단히 말하면 약한 놈은 필요 없다는 뜻이다.

피월려의 얼굴이 굳었으나 박소을은 아랑곳하지 않고 설명을 계속했다.

"말했다시피 극양혈마공은 이렇다 할 검증이 되지 않은 마공이오. 위험천만하기 짝이 없지. 피 대원이 이 마공을 익히다 잘못되더라도 버리면 그만이오. 어차피 최상급 수준의 마공을 익히지 못한 무인은 필요하지 않으니 말이오. 이해하셨소?"

천마신교에게 피월려라는 고수는 인마급 이상의 무위가 없다면 그 값어치가 전무하다. 지금도 그나마 용안이라는 특이한 심공 덕에 관심이 있는 것뿐이다.

피월려는 속에서 울컥하는 것을 간신히 참으며 머리를 차갑게 식혔다.

"저에 대한 것은 이해했습니다. 그러나 한 가지 이해가 가질 않는 것이 있습니다."

"무엇이오?"

"진 소저는 천마신교 낙양지부에 중요한 인물이 아닙니까? 천음절맥의 생강시라는 엄청난 희귀성만 보아도 충분히 짐작할 수 있습니다. 그런데 그런 그녀에게 시험용의 마공을 익히게 하시는 이유는 무엇입니까?"

"근본적으로 말하면 그녀는 극음귀마공을 익히지 않소."

"예?"

"아니, 극음귀마공을 익힐 필요가 없지. 그 몸 자체가 극음 덩어리인데 뭐하러 음의 내력을 키우겠소. 내가 그녀에게 그 무공을 준 것은 그것으로 내력을 쌓으라는 의미가 아니오."

"그렇다면 무엇입니까?"

"바로 피 대원 때문이오."

기류의 움직임으로 촛불이 일렁이며 순간적으로 방 안의 명암이 크게 뒤틀렸다.

"저 때문이라 하셨습니까?"

"아무리 생강시가 되어 신진대사가 느려졌다 하나 천음절맥의 몸은 양기(陽氣)가 절대적으로 부족하여 그 불균형으로 말미암아 생기가 위협을 받소. 따라서 외부에서 일정량의 양기를 공급받아야 하오. 극음귀마공은 그 수단으로 쓰일 뿐이오. 그리고 그녀가 본래 가진 음기를 다루는 데도 도움을 주지. 이것이 세 번째 이유이오."

피월려의 호흡이 거칠어졌다.

"그렇다면 전 그저 진 소저의 양기를 공급하는 공급원으로 사용될 뿐이라는 겁니까?"

박소을은 진정하라고 손짓했다.

"그 반대도 성립하오. 극양혈마공을 익히게 되면 피 대원은 외부에서 지속적인 음기를 공급받아야 하오. 그러니 결국 서로가 서로의 공급원이 되는 셈이지."

"하지만 천음절맥의 음을 어떻게 감당할 수 있겠습니까?"

"물론 극양혈마공으로 피 대원의 양기를 극대화한다고 하나 천음절맥의 기운에 미치기 어렵소. 따라서 음양합일을 이루고 난 뒤에 피 대원이 얻는 내력 일부가 낙양제일미의 음양조화를 위해 상제적으로 소비될 것이고, 실제 피 대원이 얻는 내공은 상대적으로 적을 것이오."

"강제적으로 소비될 내공이 얻을 수 있는 내공보다 많아지면 어떻게 됩니까?"

"선천지기까지 모조리 빨려 나가겠지. 죽을 것이오."

"……."

극양혈마공을 익히는 것 자체로도 죽을 수 있다. 그리고 음양합일을 하는 도중에도 죽을 수 있다. 고수가 되지 못하면 역시 버려진다.

피월려는 눈을 지그시 감았다.

천마신교…….

냉혹하기 그지없는 집단이 아닌가.

박소을은 그를 바라보며 아무렇지도 않게 말을 이었다.

"피 대원이 마교의 기이한 마공들을 몰라서 그렇지 이 정도면 꽤 양호한 편이오. 자, 이제 물을 것은 다 물었소?"

피월려는 마음을 다잡고 고개를 끄덕였다.

"알겠습니다. 말씀 감사드립니다."

박소을 역시 고개를 살짝 끄덕이고는 다시 책자를 폈다. 그리고 그것을 읽기 시작했는데, 피월려가 나가지 않고 자리를 고수하고 있자 그를 슬쩍 올려다보며 말했다.

"더 할 말이 없다면 자리를 비워주시오."

"마공을 모두 이해했다면 오라 하지 않으셨습니까?"

박소을은 다시금 책자를 덮어야 했다.

"반나절 만에 모두 이해했다는 것이오? 극양혈마공을?"

"그렇습니다. 사실 쉽더군요."

"……."

마공이 백도의 무공보다 쉬운 것은 보편적인 사실이다. 또한 극양혈마공은 새로이 쓰인 무공인 만큼 글쓴이가 얻는 심득이 자세히 설명되어 있다는 것도 사실이다. 그러나 그렇다고 해서 아침부터 저녁까지 몇 번 정독하여 뚝딱 이해할 만한 것은 절대 아니다.

박소을은 피월려의 시선을 한동안 마주 보다 말했다.

"용안의 위력이오?"

용안은 사고의 영역을 넓힌다.

"그렇다 할 수 있습니다."

"그거 신기하기 짝이 없군. 주소군 같은 자가 또 있을 줄이야."

그는 상 아래쪽에 있는 수납공간을 뒤적거리더니 둥근 모양의 검은 단환을 꺼내 들었다.

"전에는 마공에 필요한 마성에 젖으려는 방법으로 수천 명을 도살하는 등의 엽기적인 행위를 필수적으로 거쳐야 했소. 인류를 저버리는 그러한 업보만이 사람을 마인으로 만들었고, 그렇기에 전하는 그런 마인들이 모여 하나의 단체를 이루는 것 자체를 허락하지 않았소. 하지만 본 교의 시조인 천마께서 이 마단(魔團)을 제조하고 나서는 인위적으로 마성을 깨울 수 있게 되었소. 즉, 육체를 역혈지체로 만드는 방법이오."

"역혈지체……."

"아직까지도 과거의 방법으로 마공을 익히는 자들 때문에 마인들에 대한 오해가 생겨서 그렇지, 본 교의 마인들이 전부 그런 짐승들과 같진 않소. 뭐, 그래도 아주 없는 건 아니지만."

박소을은 마단을 피월려에게 주었고, 피월려는 그것을 양손으로 받아 들었다. 흑암처럼 진한 흑옥(黑玉)같이 생긴 그 마단은 사람의 심령을 혼탁하게 하는 미향을 풍겼다.

"이것을 어떻게 하면 됩니까?"

"잡수시오. 남기지 말고. 내력도 이십 년이나 들어 있소."

내력 이십 년의 영약이면 성을 팔아도 얻지 못하는 수준의 값비싼 단환이다. 고수가 이십 년을 수련해야 얻을 수 있을 정도의 내력이니 당연히 그 정도의 값은 나온다.

피월려는 경악하지 않을 수 없었다.

"그리 귀한 영약입니까?"

피월려의 물음에 박소을은 어깨를 들썩였다.

"뭔가 착각하는 것 같은데, 그것은 영약이 아니라 마단이오. 잘못하면 죽음에 이르는 위험한 것이고, 성공적으로 마인이 된다 한들 한 번밖에 효과가 없소. 피 대원의 생각처럼 그리 귀한 것은 아니오."

피월려는 박소을과 마단을 의심의 눈초리로 여러 번 번갈아보았으나, 여기까지 와서 이것을 먹지 않겠다고 할 수는 없는 처지라 눈을 딱 감고 삼켰다.

죽음에 이를 수도 있다?

요세 이 소리를 몇 번이나 들어서인지 이젠 별로 감흥도 오지 않았다.

목으로 넘어가는 느낌은 매우 상쾌했다.

"생각보다 맛있군요."

"일각 안에 마단이 몸속에 흡수되어 마기가 골수에 침투하며 피가 역류할 것이오. 즉시 가부좌를 틀고 정신을 집중하여 고통에 대비하시오. 범인의 경우 구 할이 고통을 이기지 못하고 정신이 분열되오. 게다가 정신력이 고강하면 고강할수록 고통의 시간이 길어지는 것으로 보았을 때, 피 대원은 아마 반 시진에서 한 시진은 고통을 받아야 할 것 같소. 건투를 빌겠소. 아, 한 가지 더. 정신을 유지하기 위함과 마성을 다스리기 위함으로 극양혈마공을 끊임없이 되새기는 것을 잊지 마시고."

박소을의 어투는 말의 의미처럼 그리 다급하지 않았다. 마치 차를 마시는 듯한 느긋한 박소을은 오늘만 세 번째로 책사를 피고 글을 읽히 내려갔다.

피월려는 일단 하라는 대로 가부좌를 틀었지만 박소을의 반응을 보고 그리 심각하게 생각하지 않았다. 그러나 자기도 모르는 새 감각이 현실과 멀어졌고, 곧 온몸의 혈관이 찢어지는 육체적인 고통과 인간이 가지는 온갖 욕구가 뒤섞이는 정신적인 고통이 시작되었다.

피월려는 지금까지 느껴본 모든 고통을 합한다고 하더라도 이것에 반도 못 미칠 것으로 생각했다.

문제는 이 무지막지한 고통이 반 시진에서 한 시진 동안 지속된다는 점이다. 극양혈마공의 첫 번째 장은 마공 자체에 대한 마인들의 통상적인 생각이 담겨 있었는데, 피월려는 그중 한 구절이 기억났다.

마(魔)란 곧 순수한, 그러나 제어된 광(狂)이다.

마기가 골수에 침투한다느니 주화입마에 걸린다느니 하는 말이 의미하는 것은 결국 하나다.

미쳤다는 것이다.

결국 마인이란 미친 이들을 뜻한다.

그러나 광인과 마인과의 차이는 분명히 있다. 광기에 지배된 자가 광인이며 광기를 정제하여 다스리는 자가 마인이다.

피월려는 극양혈마공의 구절을 미친 듯이 되새기며 실오라기 같은 정신의 끈을 놓지 않았다. 하지만 반 시진 정도가 흐르자 더는 견디기 어렵다는 것을 깨달았다. 이대로 가다가는 고통에 삼켜져 영원히 이성을 잃어버릴 것 같았다.

고통의 힘은 너무나도 거대했다.

아무리 견고한 성이라 하더라도 적군의 숫자가 압도적으로 많으면 결국은 함락된다.

피월려의 정신은 한 시진을 채우지 못하고 무너져 내렸다.

그의 의식이 사라짐과 동시에 그나마 겨우 억제되었던 마기가 골수의 끝까지 침투하여 그의 뇌를 오염시켰다.

그런데 마기는 또 다른 벽에 막히게 되었다.

극양혈마공을 끊임없이 외우던 피월려의 노력 덕분인지 극양혈마공에 대한 기억이 무의식으로 넘어간 것이다. 그리고 그것이 하나의 내성이 되어 마기를 막아섰다.

피월려의 의식이 완전히 사라진 정신의 빈 공간을 그의 무의식에 내제된 극양혈마공이 채워 나갔고, 곧 마기를 만난 극양혈마공은 그 뜻대로 마기를 억제하기 시작했다.

그리고 마기는 극양혈마공의 인도를 받아 피월려의 무의식 깊은 곳으로 모조리 빨려 들어가듯 흘러들어 갔다.

피월려가 눈을 번쩍 떴다.

그의 눈앞에는 박소을이 같은 자세를 취하고 있었는데, 그의 적자가 끝까지 넣여 있다는 점을 제외하면 변한 것은 하나도 없었다.

"마인이 된 것을 축하하오. 보아하니 마기가 성공적으로 자리를 잡은 것 같소. 이로써 극양혈마공으로도 역혈지체가 가능하다는 것이 입증되었군."

이상하게도 마단을 먹고 고통을 느끼기 시작한 순간부터 지금까지의 기억이 백지처럼 새하얗다. 혼란스러운 기분을 느낀 피월려는 말을 더듬었다.

"뭐, 뭐가 어떻게 된 겁니까? 마기가 흡수된 것입니까?"

"그렇소. 역혈지체를 이루었으니 이제는 완전한 마인이 된 것이오. 모든 마에 내성을 지니고 마공을 익힘에 불편함이 없을 것이오. 그러나 역혈지체가 되어 기혈의 앞뒤가 바뀐 이상 마공 이외에 다른 내공은 익히지 마시기를 추천하오. 익혀지지도 않을뿐더러 오히려 해만 당할 것이오. 또한 혈로와 혈자리도 뒤바뀌었으니, 그 점도 유념하시고."

피월려는 왠지 허무하다는 생각을 했다.

"그냥 이렇게 끝나는 겁니까?"

박소을은 말없이 빤히 그를 보다가 툭 내뱉었다.

"무림인이라도 마단을 먹고 광인이 되는 이가 적지 않소. 원래 내력이 없던 피 대원은 이번 한 번으로 끝나겠지만, 만약 내력이 있었다면 그 내력까지도 마기로 전환되어야 하기 때문에 지속적으로 그 고통을 받게 되오. 그렇게 나날이 견디다 못해 결국 자살하는 자도 많소. 피 대원은 어떻게 보면 행운이 따랐던 것이오."

"그렇습니까? 그런데 사실 별로 다른 점을 느끼지 못하겠습니다."

"기억이 없어서 모르시는 것 같으니 말하지만, 피 대원은 한 시진 동안 차가 끓어오르는 듯한 괴상한 소리를 내었소. 고통 이 한계를 넘으니 비명조차 지르지 못한 것이지. 본좌는 독서 하기 위해서 불필요한 기의 운용으로 소리를 막아야 했소. 어 쨌거나 생각보다 피 대원의 목이 별로 상하지 않아 다행이오."

"……"

"그 고통의 기억은 지금 머리에서 사라졌지만 뇌 속 깊숙한 곳에 자리 잡고 있소. 평소 마기를 지배할 때에는 모를 것이 나 긴급한 상황에서 마기를 폭주시켜 마공의 온전한 힘을 사 용하려 할 때에는 그 기억이 되살아나 피 대원의 정신을 말살 하려 들 것이오. 그것을 이기지 못하면 광인이 되니 유의하시 오."

피월려는 격양된 목소리로 낮게 대답했다.

"알겠습니다."

"내공을 한 번도 익히지 않았다 들었기에 하는 말인데, 별 것 없소. 그냥 가부좌를 틀고 극양혈마공의 구절을 읊으며 무 아지경으로 빠져들면 되오. 내공의 성취가 극도로 빠른 극양 혈마공의 특성상 내력이 쌓이는 것을 즉각 느낄 수 있을 것이 오. 이십 년 내공은 몸속 구석구석에 퍼진 상태이니 매우 빠 른 시일 내에 모두 얻을 수 있을 것이고, 그 이후에도 여전히 빠른 속도를 보일 것이오. 그리고 낙양제일미와 꾸준한 음양 합일을 통하여 음양의 조화를 이루시면 되오. 후후후, 그럼 나가보시오."

기분 나쁜 웃음소리를 애써 듣지 못한 척하며 피월려는 박소을에게 포권을 취했다.

"은혜에 감사드립니다."

박소을은 피식 웃었다.

"한 가지 더 이야기하자면, 천마신교의 마인은 홀로 마공을 익히는 것이 대부분이오. 스승을 두는 경우는 거의 없지. 마공이나 무학에 전반적인 질문이 있거든 다른 마인들과 친분을 쌓아 교류하시오. 다른 마공을 익히고 싶거든 공을 세우고 보상으로 요구하시오. 물론 본 교에 무슨 마공들이 있는지는 알아서 알아보아야겠지만."

무림에서는 스승과 제자의 관계를 뚜렷이 하지만 천마신교에서는 철저한 개인주의를 지킨다. 그렇다고 사제 관계가 아주 없는 것은 아니나 한쪽에선 인정하지 않는다든지, 아니면 선후배쯤으로 서로를 생각할 때도 많다.

"이만 나가보겠습니다."

피월려는 다시금 포권을 쥐었다. 그리고 밖으로 나가려는 찰나, 박소을의 목소리가 뒤에서 들렸다.

"살아남아라."

피월려의 걸음이 우뚝 멈췄다.

"뭐라 하셨습니까?"

"명이오. 살아남으라는."

"조, 존명."

우선 시키는 대로 존명으로 대답했으나 피월려는 이해하지 못하고 박소을의 눈치를 살폈다. 그는 책에 눈길을 고정한 채 심드렁하게 말했다.

"뭐, 나도 무슨 소린지 모르겠군. 그러나 이건 피 대원이 마공에 심취해 있을 때에 피 대원에게만 내려온 명이오. 이상하게 쳐다보지 마시오. 나도 지부장의 명령 방식은 별로 좋아하지 않소. 그냥 경고라 치부하시오."

황룡무가의 보물 두 개를 지부로 가져오라는 명을 받았을 때도 전혀 알지 못하다 나중에 가서야 부가 설명을 해주었다. 피월려는 별로 개의치 않고 고개를 숙여 인사를 한 뒤 밖으로 나갔다.

제팔장(第八章)

천마신교의 태생마교인들은 천마신교를 위해 살고 천마신교를 위해 죽는다. 명령에 따라 천마신교에 도움이 되었다는 것만으로도 대단한 영광으로 생각하여 목숨을 아끼지 않는다. 어찌 보면 그도 이상할 것이 없는 것이, 먹고 자는 데 필요한 생활비부터 마공과 무기에 필요한 비용까지 모두 지급하는 천마신교는 그들에게 집이자 가문이며 백도세가의 인물들이 사문이나 가문의 영광을 자신의 목숨보다 더욱 중요시하는 것과 큰 차이가 없었다.

그러나 천마신교의 외부 인사들은 그런 충심을 가질 수도 없었고, 천마신교에서 기대도 하지 않았다. 그렇기에 임무를 완료할 때마다 합당한 보상이 주어지는데, 보통은 본인이 돈과 마공, 둘 중 하나를 택하는 방식이었다. 그 체계가 상당히 공평하여 공적이 높고 신뢰도가 쌓이면 태생마교인이 아니라 할지라도 금서를 제외한 모든 마공을 열람할 수 있었다.

피월려가 전 황룡검주 진파진을 죽이는 데 일조한 그 공은 태생마교인들도 하기 어려운 것이었기에 충분히 최고급 마공 하나 정도를 열람할 수 있는 수준이었다. 그러나 아직 신뢰도가 높지 않아 많은 양의 저급 마공으로 대신한다고 말했다. 피월려는 저급 마공을 익힐 이유가 없었기에 그냥 모두 돈으로 받았다.

이는 엄밀히 말하면 최상급의 마공을 열람할 수 있는 정도의 가치를 돈으로 받았다는 말이 된다.

그가 천마신교 지부 밖으로 나와 묵직한 주머니를 확인했을 때 한동안 입에 풀이라도 붙인 듯 침묵한 것은 어쩌면 당연한 일이다.

전에 슬쩍 보았을 때 은은한 황색이었기에 황금인 줄 알았으나, 이제 보니 백색과 적색이 섞여 있는 적백금(赤白金)이었다.

피월려는 적백금의 정확한 가치는 알지 못했으나, 같은 양의 금강석과도 비견될 정도로 귀하다는 말을 어디서 들은 기억이 있다.

평생을 써도 모자랄 그 거금을 보며 그는 곧 허탈한 미소를 지었다.

지금껏 홀로 걸어온 무림의 생활에서 돈의 가치는 그리 높지 않았다. 문파를 창설하여 사람을 키운다면 모를까, 홀로 떠돌아다니는 신세인 그가 아무리 많은 돈을 가지고 있다 하여 어디다가 쓸 수 있겠는가? 누릴 수 있는 사치라고 할 수 있는 건 오로지 여자와 술, 그리고 도박.

피월려는 힘없이 걸음을 옮겼다.

낙양의 갑부들이 모여 사는 존양이라서 그런지 적백금을 돈으로 바꾸는 것은 그리 어렵지 않았다. 조금 손해를 보는 대신에 빠르게 금전으로 바꾼 피월려는 포목점에 들렀다. 비단이 주로 거래되는 낙양의 포목점에서는 구하기 어려운 비단옷도 즐비했다.

하지만 그는 화려함보단 기능성을 택했다. 무림인 주제에 잠깐 거금이 들어왔다고 귀족 행세를 하며 궁장과도 같은 고급 비단옷으로 갈아입는 건, 그냥 날 죽여달라는 소리밖에 되지 않기 때문이다. 겉으로는 직직한 흑색이나 매우 단단하고 질겨 오랫동안 거칠게 쓸 수 있는 옷으로 바꿔 입은 피월려는 처음 낙양에 와서 들른 그 대장장이를 찾아갔다.

후끈한 공기가 가득한 곳에서 피육처럼 빨갛게 익은 쇳덩어리에 망치질을 하는 남자를 보며 피월려가 말을 걸었다.

"검을 사러 왔소."

그 대장장이는 자신의 일에 집중하며 피월려는 보지도 않고 말했다.

"전에 샀던 것은 어찌 됐소?"

피월려는 그가 눈으로 확인하지도 않고 자신을 바로 알아본다는 사실에 감탄하며 대답했다.

"귀히 썼소. 그러나 지금은 죽었소. 어찌어찌 살리려고 노력했으나 이미 죽은 검을 살릴 수는 없다 했소."

"줘보시오."

피월려는 순순히 자신의 검을 내보였다. 대장장이는 관심 없는 무정한 눈길로 몇 번 슬쩍 보고는 검에 대한 진단을 모두 마쳤다.

대장장이가 말했다.

"험하게 쓰셨군. 같은 검을 원하시오?"

"아니오. 완전히 새로운 검을 원하오. 최근에 만든 검이 없소?"

"검의 모양에 그리 큰 상관을 하지 않으시는가 보오?"

"난 무형검을 추구하오."

대장장이의 망치가 공중에서 멈췄다.

"무형검이라 했소?"

"그렇소."

대장장이는 잠시 고민하더니 다시 질문했다.

"무형검이라니 묻는데, 좌검이나 쌍검도 쓰시오?"

"물론이오."

"꽤 힘든 길을 가시는구려."

대장장이는 자리에서 일어나 안으로 들어갔다. 그리곤 반각도 되지 않아 두 자루의 검을 들고 나왔다. 그 두 검은 통상적인 철검과 다른 점이 거의 없었고, 그저 꼽자면 검면이 조금 얇은 정도였다.

대장장이가 양 검을 충돌시켰다.

토— 옹!

두 검의 묘한 공명음이 뜨거운 공기를 뚫고 피월려의 귓가로 흘러들어 왔는데, 이상하게도 점차 소리가 작아지다가 다시금 커지고 또다시 작아지기를 반복했다. 마치 악기를 연주하는 사람이 따로 검명을 연주하는 것 같았다.

"아름다운 공명음이오."

대장장이의 따스한 눈길이 검신에 머물렀다.

"쌍검의 경우 좋은 건과 그렇지 않은 검을 구분하는 방법은 바로 둘을 충돌시켜 검명을 듣는 것이오. 쌍검이 서로 좋아한다면 지금과 같이 하나의 검명이 고저를 반복하게 되고, 그렇지 않다면 보통의 검처럼 두 개의 검명이 따로 들리게 되오.

반복하는 속도가 느리면 느릴수록 질이 좋은 것인데, 이 정도면 감히 최상급이라 말할 수 있소."

대장장이가 그 쌍검을 바라보는 눈빛은 흡사 아버지가 아들을 보는 것과 같았다.

피월려는 그 검을 사기로 마음먹고는 물었다.

"그런데 그 좋은 녀석들을 어찌 팔지 않고 지금까지 보관하고 계셨던 것이오?"

"이 녀석들은 즉흥적으로 삼 일 밤낮을 잠도 안 자고 만든 놈들이오. 그런데 정작 쌍검을 쓰는 무인들은 대부분 특이한 무공을 익히고 있어 자신의 손에 맞지 않는 녀석은 쓰지 않소. 그래서 지금까지 나가지 않았소. 이제야 주인을 만난 것 같구려."

피월려는 금전 한 냥과 자신의 검을 내려놓았다.

"이 정도면 충분하오?"

대장장이의 시선이 금전에 머물렀다.

"젊은이가 제대로 거래를 할 줄 아시는구려. 하하하! 충분하고말고."

대장장이는 맞는 검집을 찾아 쌍검을 넣어 피월려에게 주었다.

"잘 쓰시오. 이번에는 죽이지 않길 바라겠소."

피월려는 고개를 끄덕이고 쌍검을 허리에 매며 밖으로 나왔다.

＊　　　　＊　　　　＊

해가 뉘엿뉘엿 지평선을 넘어가려 할 때 피월려는 낙양의 중심지를 걷고 있었다.

그곳은 존양에서 조금 내려오면 있는 번화가로, 낙하강 주변의 온갖 잡다한 물건과 사람들이 몰려드는 곳이었다. 거기서 찾을 수 없는 건 하남성의 어디에도 없다고 알려져 있었다. 낙하강의 절경을 뒤로 여행객을 노린 수많은 객잔과 장사치들이 즐비하게 널려 있었고, 가는 곳마다 어깨를 부딪치지 않고 걸을 수 없을 만큼 사람들이 붐볐다.

피월려는 선선한 저녁에도 후끈한 공기를 느끼며 사람들 사이를 누볐다. 작은 성에서는 검을 차고 다니면 무림인이라 수군거리며 피하기 일쑤였으나, 역시 대도시인 낙양이라 그런지 심심치 않게 검을 달고 다니는 무림인들을 볼 수 있었다. 범인들 역시 그리 대수롭지 않게 생각했다.

그런데 일정한 간격으로 이슥한 옷차림이 반복적으로 눈에 띄었다. 푸른색과 보라색을 섞은 듯한 청자색의 영웅건과 반듯한 몸가짐을 한 무인들이었다. 그들은 모두 왼쪽 옆구리에 동일한 모양의 검이나 도를 차고 있었다.

바로 낙양을 대표하는 문파 중 황룡무가 다음으로 세력이 큰 청일문(靑日門)이다.

황룡무가가 오랜 세월 동안 낙양의 북쪽을 지배하며 비단에 관련되는 모든 일에 관여했다면, 청일문은 이십 년 전 청일검수라는 고수에 의해서 창설되어 낙양의 중심지에서 활발하게 활동하며 그 질서를 잡아 얻는 이득에 주력했다. 지금에 와서는 칠 할 이상의 장사치가 낙양에서 무력을 지원받는 곳으로 청일문을 선택한다. 이렇게 되기까지는 관(官)과 관계를 우호적으로 이끈 청일검수의 꾸준한 노력이 있었기 때문에 가능했다.

피월려는 이러한 사실들을 낙양의 세력에 관한 정보를 읽어 알고 있었다. 그들이 언젠가는 무너뜨려야 하는 적이라는 사실 때문인지, 아니면 흑도무림에 몸을 담갔던 때의 본능인지 그들을 바라보는 피월려의 눈빛에 적의가 은은히 흘러나왔다.

"잠시만 기다리시오."

피월려는 갑자기 자신의 앞을 가로막는 사내들을 보았다. 청자포를 멋들어지게 입은 그들은 총 세 명이었는데, 말을 건 중앙의 남자는 다른 이들과 다르게 영웅건의 테두리가 흰색으로 되어 있었고 허리에 묶인 검 또한 고급스러운 음각이 되어 있었다.

그들을 찬찬히 살핀 후 피월려가 말했다.

"나에게 말하는 것이오?"

"그렇소."

"나를 아시오?"

"모르오. 그렇기에 말을 거는 것이오."

피월려는 눈살을 찌푸렸다.

"알지 못하는 자이기에 말을 건다는 것이 무슨 의미이오?"

그 사내는 무표정으로 일관했다.

"낙양 태생으로 이곳에서 보낸 시간이 삼십 년이 넘소. 내가 낙양에서 활동하는 무림인은 대부분 파악하고 있다는 말이오. 그러나 당신은 오늘 처음 보오. 행색을 보아하니 꽤 돈이 있는 집안의 자제 같은데 사문이 어떻게 되오?"

무림에는 일인전승의 비밀스러운 문파가 많고 각자의 사정이 매우 복잡하기 때문에 개인적인 질문을 하는 것을 매우 실례로 여긴다.

그래서 피월려는 대놓고 적의를 드러내었다.

"내가 당신의 질문에 대답할 의무는 없소. 청일문에 아무런 척을 지지 않는 내게 이런 부당한 대우를 하는 이유가 무엇이오?"

그 사내의 양쪽 무인들이 자신들의 검에 슬며시 손을 가져갔다. 그러나 중앙의 사내가 손을 들어 이를 저지했다.

"외부에서 오셨으니 잘 모를 수도 있겠소만, 지금 하남성에서 수십 건의 혈겁(血劫)이 발생하고 있소. 마을 전체가 말살되는 경우가 번번이 일어나니 외부 사람에 대해 경계를 가질 수밖에 없음이오."

마을 전체가 말살되는 혈겁이 번번이 발생한다면 이는 크나큰 사건이 아닐 수 없었다. 연속적인 살인도 아니고 연속적인 혈겁이라면 하나의 단체가 일으켰을 가능성이 크기 때문이다.

이는 곧 군사행동으로 무림뿐만 아니라 관 또한 촉각을 세우고 관여한다.

"혈겁이라 하셨소? 나는 그 일을 들은 바가 없소."

그 사내는 한동안 피월려의 눈동자를 응시했다. 그러고는 곧 포권을 취했다.

"알았소. 그러나 모두 신경이 날카로운 때인 만큼 눈빛 하나조차 시비를 일으킬 수 있다는 것을 알아두시길 바라겠소."

그 세 명의 사내는 피월려를 지나 멀어졌다.

혈겁이라······.

피월려와는 상관없는 일이다.

그는 그들의 뒷모습을 바라보다가 곧 걸음을 옮기기 시작했다. 그의 머릿속에서 청일문과의 일이 잊힐 때쯤 그는 낙하강 강변에 도착할 수 있었다.

낙하강은 그리 넓진 않지만 다리를 놓아 건널 수 있는 수준은 아니었다. 따라서 어부들이 강을 건너려는 사람들을 상대로 부업 삼아 뱃사공 노릇을 했다.

배를 묶어놓고 앉아서 쉬는 백발의 노인에게 피월려가 다가갔다. 웬만하면 젊은 사람에게 뱃길을 맡기고 싶었으나 이상하게도 그 노인을 제외한 어떠한 뱃사공도 눈에 띄지 않았다.

"노인장, 배를 다루시오?"

그 노인은 힘없이 고개를 들어 피월려를 보았다.

"뉘시오?"

"남으로 건너가고 싶소만, 뱃사공이 노인장밖에 보이지 않아 묻는 것이오."

그 노인은 피월려가 자신을 그리 탐탁하게 여기지 않는다는 사실을 눈치채고는 허탈하게 웃었다.

"지금이 조금 애매한 시간이긴 하지. 나도 나이가 있어 이대로 집에 가려 했소만, 뭐 쏠쏠한 돈벌이가 된다면 한 번쯤은 낙하강을 건넜다 올 수 있겠소."

"섭섭하기 않게 드리겠소."

피월려는 노인이 뭐라 하기 전에 그 노인의 배에 올라탔다. 어망(漁網)이 어지럽게 놓인 그 배는 네 명 정도의 사람이 나란히 누울 수 있을 정도로 작았고, 피월려는 그 배의 끝자락으로 갔다.

노인은 반대편에 서서 긴 노를 잡아 땅에 박았다.

"선택의 여지를 주지 않는구먼. 자, 그럼 가겠소."

피월려를 태운 그 배는 점차 낙양의 중심가에서 멀어져 남쪽을 향했다. 강바람도 없는 잔잔한 호수를 거닐 듯 느릿느릿하게 노를 젓는 노인의 약한 힘에 점차 밀려 배가 속도를 내기 시작했다.

느린 속도로 유유히 흐르는 작은 배 위에서 피월려는 멀어져 가는 낙양의 중심가에 시선을 고정했다.

전 중원을 여행하며 목격한 수많은 장관은 대부분 자연의 위엄이 느껴지는 하늘의 작품이었다. 소주의 거대한 호수인 서호의 절경이나 중원 오악의 산의 아름다움, 그리고 탄성을 자아내는 석굴들⋯⋯. 오랜 낭인 생활 동안 보았던 중원의 절경들은 아직도 피월려의 머리 위에서 살아 움직이고 있었다.

그런데 낙양의 아름다움은 무언가 사뭇 다른 느낌이었다. 해가 지기 전의 은은한 태양 아래 후끈한 사람 냄새가 진동하는 낙양 중심가의 모습은 자연의 위엄에 충분히 대항할 만한 감동을 주었다.

"낙양은 처음이시오?"

피월려의 시선은 여전히 중심가에 고정되어 있었다.

"그렇소."

"어디서 오셨소? 억양을 들어보니 북쪽 같으오."

"노인장께서 아실 바 아니오."

"원, 삭막한 사람이구먼. 검을 찬 것을 보니 무림인인 건 알겠소. 그러나 무림인도 사람 아니오?"

"……."

피월려의 굳은 입술을 본 노사공은 노를 잡아 배 위로 올려놓았다. 그는 인생 대부분을 배 위에서 보낸 터라 낙하강의 흐름 정도는 손바닥 보듯 알고 있기에 억지로 힘을 써가며 노를 저을 필요 없이 원하는 곳에 얼마든지 도착할 수 있었다.

노사공은 곤한 듯 자리에 앉았다. 그리곤 어디서 꺼낸 것인지 술병의 마개를 뽑아 들었다.

"하, 요즘에는 이놈의 술이 없으면 살 수가 없소. 한잔하겠소?"

거무칙칙한 때가 잔뜩 묻은 손으로 내미는 술병을 피월려는 그리 잡고 싶지 않았다.

"됐소."

노사공은 머쓱한 표정을 지었다.

"젊은이가 남쪽으로 가는 걸 보니 여자와 술을 찾는 것이 분명한데 왜 술을 거부하는지 모르겠군. 정 그렇다면 혼자 적적하게 마시리다."

그렇게 노사공은 일각이 흐르는 동안 술병 하나를 비웠다.

피월려는 전과 동일한 자세로 도도하게 배 끝자락에 서서 그 노사공이 술을 마시는 것을 구경했다.

재미도 없는 그 모습에 왜 눈길이 가는지, 피월려는 알지 못했다.

"쩝, 벌써 다 마셨구먼. 하아, 이거 원, 간에 기별도 안 가는 것 같소."

아무리 술이 센 뱃사람이라곤 하지만 술 한 병을 마시고 간에 기별도 안 갈 사람은 없다. 노인의 허풍에 피월려는 피식 웃고 말았다.

"술병 하나를 통째로 마시고 간에 기별도 안 간다는 노인장은 처음이오."

피월려의 농담을 들은 노인은 쓴웃음을 짓더니 어두운 표정으로 힘없이 말했다.

"사실 요즘 내가 술을 잘 받을 일이 있었소. 내가 내 아버지의 뒤를 이어 이 조그마한 배를 이끌고 낙하강을 돌아다니며 세월을 보내다 보니 벌써 환갑이 되었소. 그런데 전생에 무슨 죄를 지었는지 여복이 지독히도 없어 잡았다 하면 빠져나가고 잡았다 하면 빠져나가지 뭐요. 넌들은 죄다 지가 모래알인 줄 아나 보오."

정체성이 확립되기 전부터 검을 들고 무림에서 살아온 피월려는 사실 다른 범인들이 어떤 인생을 사는지 잘 알지 못했다. 여인을 만나 가정을 꾸리고 직업을 갖고 사는 일상생활 자체가 생소한 것이다.

그래서 그런지 그는 노인이 하는 허물없는 이야기에 귀를 기울이게 되었다.

"그리 빠져나간 여인이 몇이나 되오?"

노인은 차가웠던 피월려가 반응을 보이자 신이 난 듯 침을 튀겨가며 말하기 시작했다.

"구멍이 송송 난 내 늙은 머리에 그나마 끈질기게 남아 있는 년은 총 셋이오. 첫 번째 년은 어릴 적부터 알고 지내던 년인데, 나는 자연스럽게 그년하고 결혼해서 가정을 꾸릴 거로 생각하고는 아무런 의심도 없이 잘해주었소. 그냥 태어날 때부터 주어진 여자라고 생각하고는 내 여자처럼 아끼고 사랑해 주었지. 그런데 그년이 어느 날 어떤 졸부 도련님한테 홀리더니 홀라당 처녀를 주었지 뭐겠소. 내 화가 머리끝까지 올라 배를 젓던 노를 들고 그 집에 쳐들어갔소."

"오호? 그래서 도련님을 혼내주었소?"

"맞는 것도 모르고 무작정 돌진해서 그 도련님 방에 들어갔더니 글쎄, 그년이 또 거기 있는 게 아니겠소? 그 순간 온몸에 힘이 빠져서 주저앉았더니 뒤따라오던 놈들이 미친 듯이 날 패더이다. 근 한 달은 꼼짝도 못했던 것으로 기억하오."

"하하하, 그거 제대로 데었소."

노인은 피월려와 같이 호탕하게 웃더니 말했다.

"두 번째 년은 더하오. 들어보시오. 내 여인은 다시는 만나지 않겠다고 스스로와 약속한 일 년이 지난 어느 날, 길거리에서 기가 막힌 미인을 보았소. 무슨 짓을 해서라도 내 마누라로 만들고 싶을 정도로 색기가 지독했던 년이오. 그러나 여자라면 온몸에 소름이 돋을 때라 눈길도 주지 않았소. 그런데 그년이 거기에 그 콧대 높은 자존심이 무너졌는지 자꾸 나에게 말을 걸지 않겠소?"

피월려는 스승님의 말 중 콧대 높은 미인을 상대하는 방법으로 무관심을 내보이라는 것을 기억해 냈다.

"설마 무관심했다고 해서 그 미녀가 노인장에게 매달리게 되었다는 것이오?"

"매달린 정도가 아니었소. 이건 정말이오. 사실 내가 젊을 때에 그리 안 먹히는 얼굴은 아니었다오. 믿지 않으셔도 좋소만, 그년이 내게 자존심 내던지고 만나달라고 하소연했다는 건 명백한 사실이오."

피월려는 백발이 성성한 노인들이 젊은 시절의 허풍을 떠는 것을 자주 들은지라 속으로 웃으며 겉으로는 맞장구쳐 주었다.

"아, 알았소. 그런데 어떻게 되었소?"

"계절이 지나가도록 집에 찾아오는 통에 결국 정이 가게 되었소. 나 같은 평범한 놈이 뭐가 좋으냐고 물어도 대답하지 않고 그저 매일 찾아와 주니 결국 합방만 치르지 않았지 내 집에서 기거하는 처지가 되더라오. 그래도 나는 도통 여자를 믿을 수가 없어 부부지연을 맺지 않았소. 그런데 그렇게 반년을 살았던 어느 날이었소. 동이 트기 전 깜깜한 밤에 누군가 내 집 앞에서 소리를 꽥꽥 질러대는 통에 잠이 깨버렸소. 그리고 밖으로 나가보니 다섯 정도의 건장한 사내가 한 여인의 이름을 부르고 있었던 것이오."

"설마 그 두 번째 여인을 찾는 사람들이 아니었소?"

"맞았소. 더 기가 막힌 건 그놈들 중 한 놈이 바로 그년의 남편이라는 사실이오. 돈은 조금 있지만 머리는 나쁜 그놈은 기녀를 첩도 아닌 정실부인으로 삼았던 것이오. 그런데 퇴기도 아니고 한창인 기녀가 남자를 잊었을 리가 있소? 결국 다른 남자들과 부정을 저질렀고, 이를 알게 된 남편을 피해서 달아난 것이오."

"그 기녀가 바로 두 번째 여인이오?"

"그렇소. 그런데 더 웃긴 건 그다음이오. 그 남편이 그년을 잡아서 끌고 산 후에 사꾸만 거지 같은 녀석들이 내 집 주위를 기웃거리는 것이오. 알고 보았더니 내가 배를 이끌고 나간 사이에 내 집에 남자를 끌어들였던 것이오."

"설마 노인장의 집에서 몸을 판 것이오?"

"그렇소. 그년은 그냥 머물 장소가 필요했던 것이오. 사실 그런 반반한 얼굴로 내 집에 기거한 것부터 이상했었소."

"그럼 아까 말한 무관심은 다 헛소리이오?"

"그건 아니오. 내가 처음 무관심으로 일관했기에 나에게 관심을 둔 것은 명백한 사실이라 말하지 않았소?"

피월려는 입꼬리가 올라가려는 것을 겨우 참아내고는 물었다.

"셋째 여인은 어떻게 되오?"

노인의 표정이 갑자기 침울해졌다.

"뭐, 그녀에 관해선 그리 이야깃거리가 없소. 당시 난 이미 혼기를 놓쳤다고 생각하고는 여자는 생각도 안 하고 있었소. 그런데 그런 마음에 잠깐 봄바람을 불어넣고 간 여자가 있었소. 그런데 뱃사람의 아내로 살아가는 것이 어떤 건지 깨닫는 순간 결국 떠나더이다."

"잡지 않았소?"

"내 어머니의 고충을 잘 알았으니 그런 삶을 강요하고 싶진 않았소. 그런데 십 년 전 그년이 내 집에 찾아왔소. 헤어진 지는 십이 년 정도 되었을 때이오. 무슨 일인가 하고 보았더니 옆에 작은 사내아이를 데리고 있더이다."

노인의 눈빛이 점차 검게 물들어갔다.

아까까지만 해도 쾌활했던 분위기가 한순간에 경직되는 것

같아 피월려는 이렇다 할 말을 할 수 없었다.

노인이 말을 이었다.

"그 아이의 아버지가 병으로 죽고 자기도 폐병으로 오래 살지 못할 거라 말했소. 그러고는 그 사내아이를 맡아달라 했소. 그때 단칼에 거절을 했어야 했는데… 내가 차마 거절하지 못하자, 그 잊을 수 없는 미소를 짓고는 그 길로 사내아이를 버려두고 어디론가 떠났다오. 하여간 그때부터 그 아이는 내 아들이 되었지."

피월려는 살포시 미소를 지었다.

"여복은 없었으나 하늘은 노인장을 버리지 않은 것이 분명하오."

노사공은 말없이 노를 들었다. 그리고 다시 노를 젓기 시작했다.

"아니, 버렸소."

"무슨 뜻이오?"

"사실 그 녀석이 며칠 전 죽었다오."

뜻밖의 말에 피월려는 혀가 굳는 듯했다. 태연하게 아들의 죽음을 이야기하는 노사공의 눈빛은 공허하기 짝이 없었다.

"나와는 다른 아이였소. 뱃일을 가르치는데, 하나를 가르치면 둘을 알았고 내가 모르는 셋까지도 물어보더이다. 무식했던 나와 전혀 다르다는 것을 느꼈지. 절대 나와 같은 길을 걷게 할 수는 없었소. 가진 건 모아둔 돈밖에 없었던 내가 그 아이의 교육을 위해서 아낌없이 돈을 썼소. 정말이지, 내 아들로 생각하고 키웠소. 덕분에 그 녀석은 학문이면 학문, 무술이면 무술, 자기가 하고 싶은 것을 모두 배우며 자랐고 장성했소. 그리고 나의 기대에 응답이라도 하듯 보란 듯이 출세했소."

노사공은 다시 노를 꺼내 배 위에 올려놓았다.

그러고는 노인은 허무한 눈동자를 들어 피월려를 직시했다.

"혹시 아시오? 낙양에서는 태수도 두려워하는 곳이 바로 황룡무가라오. 하남성 제일가문(第一家門)! 그곳에 무인으로 당당히 들어갔으니, 그게 출세가 아니면 뭐겠소? 그렇지 않소? 내 아들은 그곳에서 최고의 실력을 가진 무사로서 존경받으며 살았소. 가끔 황룡무가의 무복을 입은 그 아이와 함께 시내에 내려가면, 나 같은 천한 뱃사공에게 모두 대인, 대인 한다오. 하! 내가 평생 살면서 사람들에게 대인이라는 소리를 들을 줄은 꿈에도 몰랐지. 내 아비도 자랑스러웠을거요. 그렇게 시간이 지나면서 일이 바빴는지 집에 오는 일이 적어졌지만, 난 무소식이 희소식이라 믿으며 그 아이의 행복을 한 치도 의심하지 않았소."

피월려는 그 속에서 전에는 느끼지 못했던 고요한 살기를 느껴 온몸이 찌릿해지는 것 같았다.

그 노인은 전과 다를 것이 없는 목소리로 말을 이었다.

"그런데 그 녀석이 달빛 아래에서 한낱 고깃덩어리가 되어 결국 내 앞에 오더이다. 멀리서만 바라보며 동경하고 사랑했던 여인을 가까이에서 지킬 수 있는 자격을 얻게 되었다고 내 앞에서 신나게 자랑했었지. 자기가 무공을 갈고닦아 황룡무가의 사위가 되어서 큰 기왓집에서 살게 해주겠다고도 했지. 빌어먹을, 여자란 요물이 뭐 그리 좋았는지, 그 순수한 녀석이 아직도 눈에 아른거리오."

"이름이 뭐였소?"

"황보영이오. 여자 같다고 맨날 투덜거렸지."

"……"

피월려가 침묵하자 노인은 자리에서 일어났다.

"다 왔소."

지금까지 노인의 말에 주위에 신경을 쓰지 못한 피월려는 그 말을 듣고서야 배가 멈춰 있다는 것을 감지했다.

피월려는 배에서 내렸고, 강물은 그의 무릎까지 차올랐다.

차가운 강물이 열을 빼앗아 발이 시려오기 시작했고, 그것이 다소 감정적으로 변했던 피월려의 정신을 투명하게 만들었다.

용안이 주위를 훑었고, 곧 강물 안 곳곳에서 정제된 살기를 찾아내었다.

뻔하다.

노사공이 고용한 살수(殺手)들이다.

피월려는 자기를 죽이려 하는 사람을 죽이는 데 있어 절대 오래 고민하지 않았다.

그는 쌍검을 조용히 뽑았다.

"이야기는 잘 들었소."

피월려의 우검이 노인의 심장을 파고 들어갔다.

노인은 피월려의 얼굴에 떠오른 무표정과 그의 검날을 번갈아보며 눈빛이 크게 흔들렸다. 그는 피를 토하면서까지 마지막으로 쥐어짜듯 말했다.

"이 일에 내가 가진 모든 재산을 바쳤소. 곧 저승길에서 보겠소."

부들부들 떨리던 그 노인의 몸이 일순간 땅으로 꺼졌다.

철퍽.

피에 물든 강물이 피월려의 옷가지를 적셨다.

그 순간 반경 이 장의 거리에서 동서남북 사방으로 네 사람이 튀어나왔다. 그들이 가진 검은 마치 검은색의 물감을 칠한 듯 당연히 반사해야 할 달빛이 보이지 않았다.

이 정도면 기본은 하는 놈들인 것이 분명했다.

피월려는 손아귀에 힘을 주며 찬찬히 주위를 살폈다.

포위 공격을 당할 때에 가장 중요한 것은 진을 무너뜨리는 것이다. 다른 말로는 시간차를 이용한 합격에서 벗어나는 것이다. 네 사람이 다른 방향과 같은 거리에서 공격한다면 한 번에 모든 방위를 공격하겠다는 것이니 그보다 먼저 한쪽으로 움직여서 대칭성을 파괴함과 동시에 시간적인 여유를 만들어야 한다.

이것은 상황 판단이 빠르고 즉시 행동에 옮길 결단력을 필요로 한다. 용안의 힘으로 생각의 속도가 남다른 피월려에게 있어 결단력이란 논할 여지가 없이 높다.

피월려는 쌍검을 양손으로 들며 더는 지체하지 않고 한쪽으로 도약했다. 그의 몸이 향한 방향은 동북(東北)으로 두 살수의 중간 위치였다.

두세 걸음 후 피월려의 속도와 두 살수의 속도가 맞물려 그들의 검이 닿을 정도가 되었다. 양 살수는 피월려의 뒤쪽에서 뛰어오는 다른 두 명의 살수와 눈빛을 교환하고 몸을 사리지 않으며 어떻게든 피월려의 몸에 검을 찔러 넣으려 했다.

역시 살수답게 방어를 전혀 하지 않고 어떻게든 검상을 입히는 동귀어진이 수법을 펼치며 진희 밍실이는 기색이 없었다. 평범한 살수처럼 보이지만 그 눈빛만큼은 죽음을 각오한 것치고는 너무나도 고요했다.

죽음을 각오하는 것에 익숙한 자들이다.

만만할 리가 없다.

피월려는 팔목을 회전하는 바퀴처럼 돌리며 얕은 물에 잠수할 정도로 몸을 낮추었다. 그는 완벽한 방어를 위하여 검을 흐르게 한 것이다.

피월려가 검이 닿기도 전에 온전히 방어적인 검세(劍勢)를 펼치니 살수들도 동귀어진(同歸於盡)의 수법을 온전히 펼칠 수 없었다. 애초에 동귀어진을 하려 한다는 것을 간파당했다는 것이 가장 큰 문제였고, 동귀어진은 상대방이 알고 있을 때 그 위력이 매우 약하다.

두 개의 흐르는 검과 두 개의 주저하는 검이 맞부딪쳤다.

각각 살수들의 검이 점차 곧 피월려의 쌍검 안으로 엉켜들어 왔고, 물에 젖은 검신에서 물방울이 회오리처럼 안에서 밖으로 튕기며 예술적인 장면을 연출했다.

그 두 개의 물방울 고리는 미묘하게 차이가 났다. 피월려의 오른쪽에서 그려진 물방울의 고리는 매우 조화롭기 짝이 없어 완전한 원을 그리는 반면, 왼쪽에 그려진 물방울의 고리는 이쪽저쪽이 움푹 파여 들어간 원이었다.

그 이유는 바로 오른쪽의 살수는 피월려의 유동적인 검을 부드럽게 받은 것에 비해서 왼쪽의 살수는 억지로 꺾으려 한 것이다. 왼쪽의 살수는 검에 대한 이해가 그리 특출하지 않으나 오른쪽의 살수는 유검(流劍)을 유검(柔劍)으로 받을 수 있는 정도의 깨달음을 지닌 검객이다.

피월려는 선택해야만 했다. 약한 자를 칠 것인가, 아니면 강한 자를 칠 것인가.

두 살수의 검이 도착하기 전에 이 질문에 답을 내놓아야만 한다.

피월려는 우검을 회수함과 동시에 오른쪽 발목에 힘을 집중하며 왼발로 수면을 찼다.

촤악!

피월려의 몸이 급격히 왼쪽으로 기울었다. 회오리에 정면으로 상대하던 살수는 갑자기 자신을 향해 저공비행하는 피월려의 신체를 보고 미련없이 검을 버렸다. 덕분에 피월려의 좌검이 아무런 저항을 받지 않고 그의 복부에 박혀 들어갔다.

곧 피월려의 표정은 당황함으로 물들었다. 설마 이토록 과감하게 생명을 포기해 버릴 줄은 꿈에도 몰랐기 때문이다. 피월려가 그렸던 그림은 좌검을 상대가 막는 동시에 우검으로 머리를 쳐 내는 것이었는데 그 예상과는 판이하게 좌검이 그대로 복부에 박혀 버린 것이다.

그 때문인지 피월려의 우검의 끝이 흔들려 그 살수의 목을 베어버리려던 본래의 목적을 잃었다.

입에서 피를 토해내는 살수는 양손을 뻗어 피월려의 몸을 굳게 붙잡았다.

"죽여!"

흑색의 소리 없는 세 개의 검이 피월려의 등을 향해 쏜살같이 날아들었다. 피월려는 이대로 죽을 생각이 전혀 없었기에 온 힘을 집중하여 좌검을 비틀었다. 몸속에 파고든 좌검이 피분수를 만들며 마찰력을 만들었고, 피월려는 앞으로 쏠리는 속도를 그대로 유지하면서 좌검을 잡아당겼다.

피월려의 신형이 붕 뜨는 듯한 힘을 받으며 아무런 준비 동작도 없이 그 살수를 뛰어넘었다.

그러자 피월려를 따라오던 세 개의 검이 나란히 그 살수의 몸에 꽂혔다.

팍! 팍! 팍!

"크아악!"

사내가 고통에 비명을 질렀다. 그런데 하필이면 피월려의 귓가가 그 사내의 입을 지나가는 터여서, 피월려의 고막이 그 거친 고함을 모두 감당해야 했다. 피월려는 머리가 일순간 어지러워지는 것을 느끼며 어쩔 수 없이 발에 밟히는 것이 뭐가 되던 그냥 차서 거리를 벌렸다. 다행히도 자신의 동료를 찌른 세 살수도 예상치 못한 상황에 놀랐는지 피월려를 즉시 따라오지는 못했다.

단말마 후 강물 위로 허물어진 살수 뒤로 다른 세 명의 살수가 검을 다시금 붙잡으며 피월려를 노려보았다. 두 장 정도

거리의 여유가 생긴 피월려도 숨을 고르며 쌍검을 치켜세웠다.

그들 중 피월려의 검을 조화롭게 방어하던 살수가 입을 열었다.

"보아하니 살수 출신인가?"

피월려는 의문이 들어 되물었다.

"왜 그렇게 생각하지?"

"검로가 그렇게 말해주지. 전형적인 사검(死劍)이야."

"무형검이라 해주면 고맙겠군."

그 살수는 양쪽 살수에게 말했다.

"만수를 데리고 돌아가라."

그러자 두 살수가 강 위로 둥둥 떠다니는 살수를 엎쳐 들며 물었다.

"본래의 계획은 모두 철회합니까?"

"대상에 관한 분석이 엉망이었다. 강호 경험이 풍부하고 생사의 갈림길을 걸을 줄 아는 저런 녀석은 빈틈을 노려 동귀어진으로 죽이겠다는 방법이 절대로 안 통하는 놈이지. 오히려 역효과가 나기 십상이야. 차리리 정면 대결로 죽이는 게 낫다. 가라."

"존명."

두 살수는 빠른 경공을 펼치며 어둠 속으로 사라졌고, 남은 살수와 피월려만이 자리했다.

피월려가 말했다.

"듣기로 살수는 본래 일검에 죽이지 못하면 실패한 거라 하던데, 아닌가?"

"살수는 그냥 죽이면 되는 것이다. 일검이니 일독이니 하는 그런 것들은 모두 암살을 예술로 생각하는 미친놈들이나 주장하는 것이지."

"들었소, 주 소저?"

그 순간, 살수는 바로 뒤쪽에서 느껴지는 날카로운 예기에 온몸에서 전율을 느꼈다. 어느 순간부터인지 살수의 뒤에서 목을 겨누고 있던 주하가 차가운 소리로 대답했다.

"예."

살수는 검을 놓았다.

"크윽! 설마 호위가 있을 줄이야……."

피월려는 쌍검을 집어넣으며 말했다.

"사실 감시지."

"목숨을 살려주면… 크악!"

주하는 주저없이 손목을 탁 튕기며 살수의 뒷목을 도려내었다. 피도 나지 않는 예술적인 검상에 살수의 혼이 즉시 떠났고 남겨진 육신은 그대로 꼬꾸라졌다.

피월려가 말했다.

"감사하오. 배를 탔기에 주 소저가 따라오지 못하는 게 아닌가 했소."

주하는 손을 털면서 자신감을 드러내 보였다.

"저는 경공으로 도주하는 자도 따라잡는 추적술을 익혔습니다. 피월려의 행보를 따라가지 못할 이유는 없습니다."

"그야… 뭐 그렇지."

피월려는 몸을 툭툭 털더니 남쪽으로 걸으려 했다. 그런 그를 주하가 만류했다.

"먼저 시체를 정리해야 합니다."

피월려는 손바닥을 쳤다.

"아, 그러고 보니 여긴 성안이니 살인에 대해서 민감하겠군."

"게다가 무림인이 아닌 자도 죽었으니 꼭 처리해야 합니다."

주하는 죽은 노인을 가리키며 말했다.

순간 피월려는 이상하게도 그녀가 마치 자기를 책망하는 눈빛으로 쳐다본다고 느꼈다. 그녀의 모습과 폭포에서의 서린지의 모습이 묘하게 겹쳐졌다.

깅가라 그린시 소약볼을 쉽게 찾을 수 있었고, 피월려는 쓸만한 모양새를 지닌 것들을 골라 시체의 몸 안 구석구석에 억지로 쑤셔 넣었다.

피월려와 주하는 무거워진 시체를 들고 배에 올랐다. 피월려는 노를 젓기 시작하면서 물었다.

"주 소저."

"무슨 일이십니까?"

"언제부터 살수가 되었는지 물어도 되겠소?"

뜻밖에도 주하는 순순히 대답해 주었다.

"전 마교 태생입니다."

"마교 태생이라도 무조건 살수로 키워지는 것이 아니지 않소?"

주하는 피월려를 물끄러미 보았다.

"마교에는 생계를 담당하는 이들을 제외한 다섯 가문이 있습니다. 천마오가(天魔五家)라고 불리는 이 가문은 천마 시조의 다섯 제자의 적통으로 보통의 마인과는 구분된 피입니다. 그중 암령가(暗令家)라는 가문은 암공(暗功)으로 유명한데, 제가 그곳 출신입니다."

암공은 말 그대로 어둠에 관한 모든 무공의 통칭이다. 어둠 속에 숨는 것, 은밀히 움직이는 법, 암살하는 법, 혹 암기를 다루는 법 등 보통의 무공과는 그 궤를 달리한다.

피월려가 고개를 끄덕이며 말했다.

"아, 그러하면 주 소저는 암공을 무공처럼 익힌 것이군."

"그게 무슨 뜻입니까?"

"내가 만난 살수들은 모두 자기만의 사연을 가지고 있었소.

무림에서 살수라는 것 자체가 이미 공적(公敵)으로 취급되기 때문에, 뒤를 봐주는 사람이 없는 나 같은 흑도인들에게 있어 살수가 된다는 건 정말이지 최후의 수단이오. 주 소저가 암공을 무공처럼 익혔다는 뜻은 말 그대로 어쩔 수 없이 암공을 익힌 것이 아니라 가문에서 대대로 내려온 가법을 따른 것이라는 말이오."

주하는 잠깐 말이 없다가 물었다.

"무림이 살수를 배척합니까? 저는 아직 그런 걸 느껴보지 못했습니다."

피월려의 얼굴에 쓴웃음이 그려졌다.

"내가 경험한 무림과 주 소저가 경험한 무림은 그 질이 너무나도 다르오."

같은 무림도 격이 있다. 천마신교의 암살대에 있는 주하가 속한 무림은 사람들의 소문과 소설에서나 나오는 그러한 무림이며, 어렸을 때부터 저절로 검을 들게 된 피월려가 속한 무림은 작은 문파들의 분쟁으로 하루에도 수백 명이 죽어나가지만 아무도 관심도 두지 않는 그런 무림이다.

피월려는 사람들이 부대끼고 살며 배신과 살인이 일상생활인 무림에서 사람들이 흔히 생각하는 간웅과 영웅의 무림으로 옮겨가는 중이다. 그는 언제나 먼 나라의 이야기 같았던 백도세가의 간판을 내리는 데 동참했고, 주소군을 만나기 전까지 그 존재 자체가 사람들이 멋들어지게 꾸며낸 허구라 생각했던 천마신교에 입교했다.

새로운 무림에는 새로운 법칙이 있을 수밖에 없다.

피월려는 그것이 두려웠다.

강의 깊은 곳까지 도착한 피월려가 노를 놓으며 물었다.

"주 소저, 내가 노인을 죽인 것에 대해서 어떻게 생각하오?"

주하는 고개를 들어 피월려를 보았다.

"그 질문의 의도가 무엇입니까?"

"말 그대로이오. 내가 무공도 익히지 않은 힘없는 노인을 죽인 것에 대해서 불쾌한 생각을 하고 있지 않는가 물었소."

주하는 이해하지 못했다는 듯이 고개를 갸웃했다.

"네?"

피월려는 뒷머리를 긁적였다.

"아니, 아무것도 아니오. 신경 쓰지 마시오."

"……"

주하는 물끄러미 피월려를 보았다.

헛기침을 한 피월려는 시체를 들었고, 주하도 급히 그를 도와 시체를 강에 버렸다. 피월려는 노의 끝으로 둥둥 떠다니는 시체를 지그시 눌렀고, 폐장과 위장으로 강물이 차오르자 그 몸이 점차 가라앉기 시작했다.

강바닥으로 모습을 감추는 시체를 보며 피월려가 또다시

독백하듯 중얼거렸다.

"서린지 소저가 말하더이다. 나 또한 별반 다를 바 없는 무림인이라고."

피월려가 서린지에게 관심이 있다는 것은 나지오의 가벼운 입술을 통해서 전 낙양지부에 모르는 사람이 없었다. 주하 또한 그 이야기를 들었다.

주하는 피월려의 입에서 서린지의 이야기가 나오자 은근한 관심이 생겼다.

"서 소저가 무슨 뜻으로 그리 말한 것입니까?"

"그때는 몰랐소만 지금 생각해 보면 아마 내가 입교하기 위해서 무공도 모르는 연약한 여인을 제물로 바친 것에 대한 실망감인 것 같소. 그러나 설마 천마신교의 여인인 서린지 소저가 흑백논리에 집착하는 백도인이나 가질 만한 그런 생각을 했을까 지금까지도 의문이오."

주하의 입 끝에 미세한 미소가 자리 잡았다.

"아, 서 소저라면 분명히 그리 말한 것일 겁니다. 서 소저는 천마신교에서도 조금 특별한 존재. 무림의 생리에 대해서는 무지한 사람입니다."

사실 산전수전 다 겪은 피월려가 보기에는 천마신교의 명령만을 수행하는 주하도 그리 무림인이라 하기에는 아직 어수룩한 부분이 있었다. 모름지기 사람은 홀로 길을 걸어봐야 그

길이 얼마나 거친지 알기 때문이다.

피월려는 자신의 웃음을 숨기지 않았다.

"하하하, 그렇소?"

주하는 피월려의 웃음 속에 담긴 의미를 느낄 수 있었다. 지금 그의 미소는 오래전 가문의 암공을 익히고 난 뒤 오라버니에게 시범으로 보여주었을 때 오라버니가 짓던 그 웃음이다.

주하는 얼굴이 달아오르는 듯했다. 스물의 여인이 무림의 생리에 대해서 논하는 게 웃길 수밖에 없지 않은가?

"그나저나, 주 소저."

"아, 네? 왜 그러시죠?"

속으로 부끄러워하던 주하는 놀란 듯 급히 대답했다.

그러자 피월려는 무슨 말을 하려다가 멈추고는 그녀를 빤히 보았다.

"말투가 조금 다르오. 뭐, 듣기에는 그리 나쁘지 않소만."

"아닙니다."

"뭐, 그렇다면……."

주하는 조용히 노를 젓는 피월려의 무표정한 얼굴이 왠지 모르게 얄미웠다.

"무슨 말을 하려고 하지 않았습니까?"

피월려는 미소를 짓더니 고개를 들어 밤바람을 느꼈다.

"별것 아니오. 어차피 천마신교에서 시간을 보내면 자연히 알게 될 것으로 생각하오."

주하는 그의 눈치를 보다가 이내 자기도 고개를 돌려 버렸다.

*   *   *

그들은 피월려의 능숙한 노질로 다시금 강가에 다다랐다.

순간 주하가 갑자기 아무런 말도 하지 않고 배의 뒤쪽으로 한 바퀴를 작게 구르며 절벽에서 떨어지듯 피월려의 시야에서 사라졌다. 무슨 수법인지 물속으로 입수하는 소리도 들리지 않아 피월려는 그녀의 행동을 눈으로 보면서도 믿기 어려웠다.

그다음에 든 생각은 바로 그 행동의 목적이었다. 주하는 왜 뜬금없이 사라졌는가? 순간적으로 온몸에 소름이 돋는 것을 느낀 피월려는 그 덕분에 일깨워진 청각에 잡히는 미세한 바람 소리를 들었다.

그것은 시집새 들은 소리이다.

지금까지 살면서도 많이 들었으나 최근에는 네 시진간 끊이지 않고 들은 것이다.

피월려는 재빨리 고개를 숙이며 몸을 낮추었다.

씨잉!

밤공기를 찢는 다섯 개의 비도가 배 위를 쏜살같이 지나갔다.

"포기하지 않은 건가?"

피월려는 쌍검을 뽑음과 동시에 배를 발로 차며 미끄러지듯 수면 위로 도약했다.

자세를 잡은 피월려의 눈에 들어오는 것은 무릎까지 차오르는 잔잔한 강물들, 그리고 멀리 보이는 땅 위의 나무뿐이었다.

고요하고 또 고요한 낙하강의 밤, 그 이상도 아하도 아니었다. 그렇다면 그가 피한 다섯 개의 암기는 무엇인가?

적들은 물속에 있는 것이다.

피월려는 숨을 크게 들이마시고 그대로 잠수했다. 날아가는 물체는 물속에서 힘을 낼 수 없기에, 위치를 알 수 없는 살수로부터 가장 안전한 곳이 바로 물속이기 때문이다.

첨벙!

깊이가 깊이인지라 길게 눕듯 한 피월려는 눈을 감고 온몸을 강의 흐름에 맡겼다. 그는 손가락 하나 움직이지 않고 강물이 이끄는 대로 몸을 움직였다.

작은 파도도 없는 강물 또한 고요하기 그지없었다. 피월려는 숨을 죽인 맹수처럼 인내하며 적의 움직임을 기다렸다.

하지만 적은 움직이지 않았다.

피월려는 숨이 막혀 어쩔 수 없이 물 밖으로 몸을 드러냈다. 최대한 조심히, 강물에 영향을 미치지 않는 선에서 코 위로 머리만 빠끔히 내밀었다.

"하아, 하아."

그가 정확히 두 번째 숨을 마실 때였다.

패행—!

이번에는 작은 암기라고 보기에는 소리가 너무나 컸다. 피월려는 잠수하는 것만으로는 피할 수 없는 크기라는 것을 깨달았다. 그렇다면 몸을 움직여야 하는데 지금 자세로는 도저히 시간을 맞출 수 없을 것 같았다.

피할 시간이 없다면 막아야 한다.

피월려는 오른쪽 무릎을 꿇음과 동시에 쌍검을 치켜세우며 교차시켰다. 그리고 교차된 그 지점을 왼발로 지지했다.

찰나의 시간 후 그것은 피월려의 쌍검과 충돌했다.

쾅!

"크윽."

양 팔뚝과 왼 무릎이 떨어져 나갈 것 같은 위력이다. 거대한 대검을 직격으로 방어한 것이라 해도 이것보다는 충격이 덜할 것 같았다. 속으로 신음을 삼킨 피월려는 쌍검 사이로 그것의 정체를 확인했다. 그것은 전쟁에 쓰일 만한 방패같이 생긴 반경 일 척(尺)의 륜(輪)이었다.

구형의 바퀴가 무림에 들어와 무기로 쓰이게 된 계기는 바로 전쟁이 끊이지 않던 시절, 병사들이 방패를 가지고 공격하는 것을 연구하던 것으로부터 시작한다. 검을 상대로 매우 뛰어난 상성을 가지고 있기 때문에, 검을 선호하는 백도인들을 상대하기 위한 흑도인들에게서 종종 찾아볼 수 있는 무기였다.

륜은 중(重)의 묘가 가장 깊이 담긴 무기 중 하나이다. 엄청난 무게로 상대방을 밀어붙이는 것이다. 그러나 그만큼 빈틈을 보이기도 십상이며 구형이기에 조작하기도 까다롭다. 천력을 타고난 사람이 오랜 세월 동안 익혀야지 그나마 조금 진가가 나올 가능성이 생기는 것이 바로 륜이다.

피월려는 이런저런 온갖 일을 겪으며 륜을 사용하는 사람을 많이 만나보았다. 그러나 그들 중에 딱히 인상 깊은 무림인은 없었다. 외력을 중요시하는 우락부락한 녀석들이 힘으로 도를 익히다가 결국 무식한 머리로 도저히 도의 묘리를 이해하지 못하고 그냥 편한 륜을 쓰는 그런 경우밖에 없었다.

애초에 륜이 편하다고 생각하는 그 생각 자체를 피월려는 비웃었다. 그건 힘자랑이지 무공이 절대 아니다. 하지만 오늘은 왠지 비웃을 수 없을 것 같은 기분이 든다.

피월려는 정신을 집중하며 륜을 상대하는 방법을 기억 속에서 끄집어내었다. 그 와중에 뒤쪽으로 튕겨 나가는 륜과 교차한 쌍검이 정중앙에 작은 삼각형의 시야를 만들었다. 그곳에는 륜의 주인의 모습이 기하급수적으로 커지고 있었다.

피월려는 놀람에 놀람을 거듭했다. 첫째, 그 륜의 주인이 젊은 여자라는 것, 둘째, 수면 위로 뛰는 수상비(水上飛)를 펼칠 정도의 경공의 고수라는 점, 그리고 마지막으로 극도로 집약된 차가운 살기가 감돈 눈동자를 소유한 살수라는 점이다.

그 여인이 양손을 뻗자 휘날리는 반투명의 천이 흘러나와 륜을 휘감았다. 그 후 그녀는 강력한 파공음을 남기는 경공으로 도약함과 동시에 륜을 손으로 붙잡았다. 늘씬한 그녀는 가냘픈 양손으로 륜의 중심을 잡아끌었고, 륜을 중심으로 태양이 동서로 움직이듯 몸 전체가 부드럽게 돌아갔다.

그녀의 발이 땅에 닿는 순간, 양 역할이 뒤바뀌어 여인이 중심이 되어 륜이 그녀를 돌았다. 그것이 곧 피월려의 방향에 일치되는 순간 그녀는 손을 놓았다.

피월려에 의해서 튕겨진 륜이 다시 엄청난 반동을 받아서 날아오게 된 것이다.

그 여인의 몸에서 이런 힘이 그냥 나올 리 만무할 디. 그녀는 엄청난 내공의 소유자가 분명했다. 그리고 힘의 문제를 넘어서 륜을 정확한 위치에 다시 쏘아 보내는 것을 보면 륜 자체에 대한 이해도와 숙련도 또한 매우 높다는 것을 알 수 있었다.

예감이 맞았다.

고수다.

다행히 피월려에 머릿속에 해법이 떠올랐다. 그전까지만 죽지 않고 버티면 된다. 그것은 지금 저 류을 피하는 것으로 시작한다.

그러나 너무나 빠르다.

거리도 거리지만 류에 담긴 위력이 가히 상상도 가지 않아 피월려의 표정이 핼쑥하게 변했다.

피월려는 땅에 닿을 듯 몸을 작게 움츠렸다. 차가운 강물이 얼굴을 때렸지만 그는 아랑곳하지 않고 쌍검을 눕혀 검끝 부분을 양어깨 위로 가져갔다. 그리고 무거운 짐을 드는 것처럼 손잡이를 손바닥에 대고 위로 올렸다.

류과 쌍검은 정면으로 충돌했다.

콰앙!

쌍검은 잘 만든 게 분명했다.

검이 부러질 정도의 충격이 전해졌는데도 불구하고 검신이 전혀 상하지 않았다.

피월려는 이 검을 만든 대장장이에게 깊은 감사함을 느끼며 다음에 올 공격을 대비하기 위해 뒤틀린 자세를 급히 잡았다.

하지만 또 다른 공격은 없었다. 그 여인은 튕겨진 류을 공중에서 잡아두어 여러 바퀴를 제자리에서 돌면서 그 속도를 멈추었을 뿐이다.

얇고 긴 두 천이 펄럭이며 흡사 륜무(輪舞)를 추는 무희와 같았다.

그녀가 중얼거렸다.

"지금까지 연거푸 막아낸 사람은 없었는데……."

"……."

"어떻게 한 건지 모르겠네."

그 여인의 눈동자에는 아까 보였던 그 살기가 씻은 듯 사라지고 없었다. 그 때문에 피월려는 대화를 시도했다.

"나를 아시오?"

"몰라."

"그런데 왜 나를 공격했소?"

"아, 맞다! 깜박했네."

그 여인은 갑자기 류을 들어 올렸다.

참 보람찬 대화를 했다고 생각한 피월려는 기회를 주지 않고지 빙검을 들고 그대로 돌진했다. 류서럼 부서운 섯은 흐름을 시작하는 데 있어 시간이 오래 걸리기 때문에 지금 선공한다면 승기를 잡을 수 있다.

쾅! 쾅! 쾅!

쉴 틈 없이 공격한 피월려의 모든 일격을 그 여인은 류으로 막아내었다. 피월려의 쌍검은 마치 벽을 친 것처럼 튕겨 나왔는데, 아무리 류이 무겁다고 하나 드는 사람이 여인인 이상 이런 반탄력을 지닐 수는 없는 노릇이다. 그런데 그녀는 표정 하나 찡그리지 않으며 수월하게 피월려의 검을 막았다.

쾅! 쾅! 쾅!

공격이 더해 가면 갈수록 피월려의 체력은 급속도로 고갈되었다. 이에 반해 그 여인은 조금씩 뒤로 물러날 뿐이다. 그래도 피월려는 멈추지 않고 무의미한 공격을 계속했다.

쾅! 쾅! 쾅!

어느 순간 피월려가 쌍검을 회수했다. 여인은 그가 지쳤다고 판단하고 서서히 류을 들어 올렸다.

"류을 버리지 않으면 죽어."

여인이 모든 움직임을 멈췄다. 그녀의 목에서 날카로운 예기가 느껴졌기 때문이다.

"언제부터 있었던 걸까?"

주하는 지금껏 계속 물속에서 적당한 기회를 보다가 빈틈이 생기자마자 접근한 것이 분명했다.

그녀가 여인에게 차가운 목소리로 말했다.

"류을 내려놔."

그때 더욱 차가운 목소리가 주하의 뒤에서 들렸다.

"움직이지 마시오."

주하는 뒤에서 들리는 낯선 목소리에 간담이 서늘했다.

전혀 기척이 없이 누군가 귓가에 속삭인다면 천마신교의 살수라 할지라도 놀라지 않을 수 없다. 게다가 그것이 눈 하나 깜박하기 어려운 긴박한 전투 속에서라면 말할 것도 없다.

주하가 불안한 목소리로 물었다.

"누구죠?"

"살수이오. 똑같은 방법으로 당하니 기분이 어떻소?"

"……."

"다시 한번 말하겠소. 허튼짓을 하면 바로 죽일 것이오."

주하의 몸은 석상이 된 듯 굳었다.

피월려는 조금 거리가 있었기에 주하와 마찬가지로 연기처럼 갑자기 나타난 남자의 모습을 볼 수 있었다. 지금도 물이 옷과 머릿결 사이로 흐르는 것이 지금껏 물속에서 잠수하고 있었다는 것을 말해주고 있었다. 달빛 아래 노출되는 부분이 적어 그가 젊은 남자라는 것 정도만 알 수 있었다.

살수의 싸움은 먼저 노출하는 쪽이 곧 패배다. 류을 나누던 여인이 당연히 혼자일 것이라 생각한 주하는 먼저 본인의 위치를 노출했고, 끝까지 참고 기다렸던 그 남자는 우위를 점할 수 있었던 것이다.

남자는 장검으로 주하의 목덜미를 정확하게 노리고 있었다. 참담함을 느낀 주하는 망설이지 않았다.

어차피 죽을 거, 여자라도 죽여놔야 피월려가 편해진다.

그런데 그런 생각마저 읽었는지 여인은 이미 주하와의 거리를 벌렸다. 남자가 말을 하여 주하가 당황한 그 순간에 바로 몸을 뒤로 뺀 것이다.

탈영수검의 유일한 장거리 공격이자 비기인 월광비검을 펼칠까 하는 생각이 머리에 스쳤다. 그러나 곧 이런 생각조차 할 수 있도록 시간을 주는 상대방의 자비에 대해 생각하게 되었다.

결론은 지금 자신에게 살의가 없다는 것이다.

그것은 주하만의 생각은 아니었다.

"오빠, 왜 그 여자 안 죽여?"

거대한 륜을 다루는 그 여인의 목소리는 마치 아무것도 모르는 어린 소녀의 것과 같이 청아하고 순수했다.

"확인할 게 있어. 기다려."

피월려는 상황 판단을 내리지 못한 채 어정쩡한 자세와 긴장한 표정을 하고 남자를 바라보았다. 지금 상황의 주도권은 그에게 있다.

그 남자가 피월려에게 물었다.

"하나만 묻겠다. 대답하지 않으면 이 여인의 생명은 장담할 수 없어."

주하와는 만난 지 한 달도 넘지 않았다. 평소 같으면 이미 자리를 박차고 도망갔을 것이다. 그러나 피월려는 그녀가 죽는다는 사실이 그리 반갑지도 않았고, 전에는 느끼지 못했던 소속감이라는 놈이 그의 발걸음을 붙잡고 있었다.

"말씀하시오."

"무슨 무공을 익혔지?"

"나는 무형검을 익혔소."

"내공은?"

"없소."

"스승은 누구지?"

"그것을 왜 말하……."

이에 남자는 말없이 장검을 들어 세웠다.

"말해라."

"……."

"정말 말하지 않겠느냐?"

"조, 진 자, 소 자를 쓰시오."

남자는 더 이상 질문하지 않고 피월려의 눈을 뚫어지게 바라보기만 했다. 그러다가 그 모습을 말똥말똥한 눈으로 지켜보던 여인을 손짓하며 불렀다.

"이쪽으로 와봐."

"왜, 오빠?"

종종걸음으로 물 위를 걷는 그 모습은 한 손에 그 무지막지한 륜을 들고 있다는 사실만 제외한다면 충분히 귀엽다 말할 수 있을 것이다.

"이 여자는 잠시 네가 맡아라."

"오빠는 뭐 하게?"

"몸으로 직접 확인해야겠어."

그 여인이 빈손으로 주하의 목덜미를 잡고 엄지와 검지로 앞뒤의 사혈을 살짝 눌렀다. 주하가 조금만 움직여도 손가락에 힘을 주어 언제든 죽일 수 있을 것이다.

그 여인이 되물었다.

"뭘 말이야?"

그 남자는 장검을 곧게 세워 피월려를 향하게 하더니 툭 내뱉듯 말하며 검을 휘둘렀다.

"용안을."

피월려는 자기의 귀를 의심했다. 생전 처음 보는 살수의 입에서 절대 들을 수 없는 단어가 들렸기 때문이다. 그러나 그는 깊게 생각하지 못했다. 그 남자가 갑자기 품속에서 비도를 쏘아 보냈기 때문이다.

피월려는 용안을 발동함과 동시에 위로 최대한 높게 도약했다.

쉬이익!

수면을 아슬아슬하게 쓸어내리는 비도는 소름 돋는 소리를 내며 피월려의 발아래로 지나갔다. 공중에 붕 뜬 상태로 피월려는 재빨리 상대방을 찾아 고개를 들었으나 주변 어디에서도 그를 찾을 수는 없었다.

비도로 시선을 빼앗고 몸을 숨긴 것이다.

실력이 좋은 살수인 만큼 한번 숨으면 그 기척을 쫓기 어렵다. 그러나 나무도 없는 이런 강가에서 숨을 곳은 당연히 강. 피월려는 강의 잔잔한 흐름 하나도 놓치지 않으려고 두 눈을 부릅뜨고 탐색했다.

그런데 이상하다.

사람의 몸이 물의 흐름을 방해한다면 당연히 어딘가 어긋남이 존재해야 하는데 아무리 보아도 강은 자연 상태로 잘만 흐르고 있었다.

피월려의 머릿속에 경종이 울렸다. 그와 동시에 주하의 목소리도 함께 들렸다.

"위!"

피월려는 고개도 들지 않았다.

확인하고 상대하기에는 늦었다. 대신 양 검을 안쪽으로 잡아당김과 동시에 몸을 비틀어 회전력을 만들었다.

그의 좌검이 회전을 타고 빠른 속도로 돌아갔고, 하늘에서 떨어지는 남자의 검을 쳐 내었다.

채— 앵!

피월려는 좌검을 놓쳤다.

손아귀의 힘을 제어 못한 실수가 아니라 본능적으로 검을 잡고 있다가는 팔이 뽑혀 나갈 것이라는 것을 깨달은 것이다.

피월려는 이상함을 느끼고 눈살을 찌푸렸다.

만약 그 검에 내력이 담겼다면 그 기운이 느껴졌을 것이다. 하지만 내력의 기운은 전혀 느껴지지 않았다.

수백 수천의 생사혈전 경험으로 봤을 때 남자는 그냥 검을 휘두른 것이 분명하다. 그렇다면 그 남자는 내력의 도움을 받은 것이 아니라, 그저 검에 실은 무게가 상상을 초월한 것뿐이다.

'말도 안 돼. 몸이 천근이 아니고서야……'

피월려는 몸이 수면에 닿자마자 낙법을 펼쳐 서너 바퀴를 구르며 착지했다. 물이 차 있는 강가라서 매우 가볍게 자세를 잡을 수 있던 그는 몸을 반 바퀴를 재빨리 돌고 자세를 잡았다. 그리고 무시무시한 기운을 풍기며 쏜살같이 달려오는 남자를 보며 검으로 방어했다.

채— 앵!

남자가 검을 휘둘렀고, 피월려는 다시 한번 검을 놓쳤다. 그의 얼굴이 창백해지다 못해 파랗게 질리기 시작했다.

'인간이 아니다!'

피월려는 남자의 등 뒤에서 솟아나는 두 개의 거대한 날개를 보며 정신이 떠나가는 것을 느꼈다.

하늘 높이 뜬 달이 삼등분이 되었다.

죽은 진설린에게서 느꼈던 그 공포가 또다시 엄습하기 시작했다.

소름이 하나하나 돋아나는 것조차 느껴진다.

몸속의 모든 장기가 달달 떨린다.

콰쾅!

두 개의 날개가 동시에 피월려를 향해 떨어지며 강물을 사방으로 밀어내며 작은 골짜기를 만들어내었다. 물줄기가 하늘 높게 떠오르고 고요한 강가에 엄청난 소음이 일었다.

열 장이 넘어가는 두 날개 사이에서 피월려는 인간이 취할 수 없는 기이한 자세로 서 있었다.

그의 얼굴에 나 있는 솜털로 그 날개의 거친 피부가 느껴졌다.

현실을 벗어나는 경험.

호흡하는 것 이외에 피월려가 할 수 있는 것은 없었다.

"하아, 하아, 하아."

황색의 세로로 찢어진 두 눈동자가 꿈틀거리며 다가와 피월려의 공포 어린 눈과 마주쳤다.

남자는 뱀과 같은 미소를 지었다.

"그걸 안쪽으로 피하는 걸 보니 용안이 확실하군."

곧 날개는 점점 불투명해지기 시작했다.

피월려는 그 자리에 그대로 주저앉았다.

"주, 주, 죽일 것인가?"

"자존심인가? 살려달라고는 말 못하는군 그래. 걱정하지
마. 용안의 주인을 내 마음대로 죽일 수는 없으니까."

남자는 비웃음을 남기고 몸을 돌렸다. 그러자 여인이 주하
를 아무렇게나 내팽개치고 그 남자에게 다가갔다. 걷는 모양
이 딱 오빠에게 달려가는 여동생이다.

피월려의 시선이 주하에게 머물렀다. 그가 볼 때에 주하가
죽었는지 살았는지 알 길이 없었다.

여인이 피월려를 가리키며 말했다.

"쟤, 안 죽이는 거야?"

"응. 설마했는데 용안을 가지고 있어."

"그러면 의뢰는? 어떻게 해?"

"어쩔 수 없지, 뭐."

남자는 아직도 자세를 가누지 못하는 피월려를 돌아보며
말했다.

"용안을 가진 이상 또 볼 거야. 그때까지 잘 지내길 빌지."

그 둘은 피월려에게서 멀어지기 시작했다.

피월려는 뭔가 참을 수 없는 것이 속에서 들끓는 것을 느꼈다. 그는 결국 악을 쓰면서 겨우 목소리를 내고 말았다.

"바, 방금 그건 뭐였소! 다, 당신들은 뭐요!"

남자는 걸음을 멈추지 않고 고개도 돌리지 않은 채 대답했다.

"용."

"……."

"인간계에서는 그리 불리고 있지."

질문의 답은 상쾌함을 낳는 것이 일반적이나, 용이니 인간계이니 하는 말은 더욱 혼란만 가중시킬 뿐이었다.

결국 남자와 여인은 저만치에서 모습을 감추었다.

피월려는 그 자리에 한참을 굳어 있었다.

제구장(第九章)

술과 여자가 필요하다.

피월려는 지친 발걸음을 이끌고 유흥가에 도착했다.

강에 아무렇게나 버려진 검을 찾느라 계속해서 물속을 헤집다 보니 온몸이 비 맞은 생쥐 꼴이었다. 옷깃과 머리카락 끝에서 물방울이 뚝뚝 떨어졌고, 그의 발에선 냄새가 났다. 그런 몰골이라면 사람들의 관심이 쏠릴 만하니 이상하게 아무도 그에게 관심을 가지지 않았다.

거대한 낙양의 유흥가에서는 반 이상이 취했고, 무기를 소지했으며, 행색이 처량했다. 그런 의미에서 물에 젖었다는 것과 무기를 들고 있다는 것, 그리고 동공이 풀려 있다는 것은 별로 관심을 끌 만한 행색이 아니었다.

그나마 관심이 갈 만한 부분은 장검을 당당하게 들고 있다는 점뿐이었다. 하지만 그것은 피월려가 무림인이라는 사실을 공표하는 것과 다름없었고, 따라서 아무도 그의 행보를 방해하지 않았다. 남자들은 옆으로 슬금슬금 피했다. 기녀들은 그가 돈이 없다고 판단하고 애초에 손길을 내밀지도 않았다.

덕분에 피월려는 저번보다 두 배 이상 이른 시간에 낙화루에 도착했다. 낙양에서 가장 고급스럽고 사치스러운 장소로 유명한 낙화루. 이곳은 낙양의 음지로 자리 잡힌 남쪽에서 가장 유명한 기루이다.

거대한 육층 전각에서는 한밤중에도 환하디환한 불빛이 모든 창문에서 쏟아져 달과 강과 어우러져 한 폭의 그림을 만들었다. 멈추지 않는 기녀의 웃음소리와 흥이 절로 나는 풍악 소리가 귀를 즐겁게 하고, 창문에는 기녀들이 춤을 추는 그림자가 보이고, 잠깐잠깐 그들의 매혹적인 자태가 달빛에 드러날 때도 있다.

힘들게 번 재물을 한낱 하룻밤의 정사로 쏟아붓는 것이 얼마나 어리석은지 침을 튀겨가며 제자들에게 설명하던 학사들도, 젊은 날을 후회하며 젊은이들에게 조언을 아끼지 않는 노인들도, 막상 이곳에 와보면 그 분위기에 취해 이성이 마비되어 주머니 속 공돈까지 모두 쏟아붓게 되는 마성이 있다.

그러나 유혹은 거기서 끝나는 것이 아니다.

낙화루에는 천계에서 떨어진 네 명의 선녀가 산다.

낙양사화(洛陽四花).

그녀들은 낙양뿐만 아니라 하남성 전체의 자랑거리다.

지금도 그녀들의 얼굴 한번 보겠다고 낙화루 앞에서 진을 치는 남자들이 수두룩하다. 그녀들의 손이라도 한 번 잡을 수 있다면 아내도 내팽개칠 기세다.

피월려는 멀찌감치 서서 그 남자들을 보았다. 그리고 품에 가진 돈주머니를 만지작거렸다. 지금 가진 돈이라면 낙양사화를 품을 수 있지 않을까? 남들은 평생에 꿈에서나 볼 여인들을 밤새 안을 수 있지 않을까?

피월려는 손을 들어 태양혈을 지그시 눌렀다.

물속에서 나올 때부터 시작되던 두통이 심해진다.

그때였다.

"어, 앗! 저, 저!"

"나, 낙양사화다!"

"낙양사화야!"

하나둘 소리가 모이더니 곧 모든 이가 똑같은 말을 소리쳐 외치기 시작했다. 광기라 의심될 정도로 큰 그 거대한 흐름에 피월려의 고개가 사람들이 가리키는 곳으로 저절로 움직였다.

그곳에는 길디긴 곰방대를 문 미녀가 창밖으로 고개를 내밀고 입으로 연기를 내뿜었다. 공기 온도조차 다른 육층의 높이에서 부의 상징인 긴 곰방대로 연기를 피우는 그녀의 모습은 듣던 대로 선녀가 따로 없었다.

도도한 고개를 꼿꼿이 세운 상태로 그녀는 잠시 아래로 눈길을 흘렸다. 남자들은 열광했고, 그녀는 곰방대의 재를 탁 털더니만 안으로 들어가 버렸다.

눈 깜짝할 사이에 사라진 미녀.

사람들은 흥분하여 수다를 떨기 시작했다.

"수화(水花)다! 내가 전에 본 적이 있는데, 수화가 확실해!"

"아니라니까. 수화는 오른쪽 눈 밑에 점이 있지만, 난 못 봤어! 누구 본 사람 있어? 내가 봤을 때는 화화(火花)가 분명해. 머리 장식이 새 모양인 게, 주작이 분명했다고."

"허어, 참. 그 거리에서 눈 밑의 점이나 머리 장식을 볼 수 있는 사람이 어디 있나? 머리 장식이 새라고? 무림인이라도 그건 못 본다."

"그럼 뭔데? 당신이 말해봐. 늙은 너구리같이 생겨서 무슨……."

"뭐야!"

남자들의 객기는 곧 의미 없는 주먹다짐으로 이어졌다. 피월려는 생기 없는 눈동자로 두 남자의 싸움을 구경했다. 허공에 휘둘러지는 손과 발에서는 조금도 얻을 만한 것이 없었다. 피월려는 어린아이에게도 배울 것이 있다던 공자도 이번만큼 은 동의하리라 생각했다.

피월려는 재미없는 싸움에 시선을 고정했지만, 머리로는 딴 생각을 했다.

낙양사화라…….

비현실적인 자태. 뭇 남성들이 한낱 기녀를 선녀라 표현하 는 이유를 알 듯싶었다.

피월려는 품속에 손을 넣어 만지작거렸다. 두툼한 것이 이 정도 재물이면 진짜 선녀라도 품을 수 있을 것 같았다.

그런데 발걸음이 떨어지지 않는다.

누구나가 원하는 것을 보고도 갖고 싶은 마음이 들지 않는 다.

이상했다.

피월려는 검을 검집에 넣었다.

그리고 깊은 한숨을 쉬었다.

"술과 여자라……."

피월려는 저음과 깊은 밤없는 발걸음으로 뉘불아 걷기 시 작했다.

호화로운 꽃밭에 핀 물망초.

낙화루와는 상반되는 월루.

피월려는 전에 만났던 기녀를 생각했다. 예화라 자신을 소개한 그녀는 기녀 특유의 도도함도 없었고 겉으로 돈을 밝히지도 않았다. 손님이 덜컥 무릎베개를 하고 잠들었으면 대충 눈치를 봐서 홀로 남겨두고 다른 손님을 받는 것이 더 돈을 벌 수 있는 것인데 그녀는 끝까지 같이 방 안에 있었다.

물론 그것조차 계획적일 수도 있다. 첫 손님에다가 한번 오면 돈을 후하게 쓰는 무림인이니 제대로 단골로 만들려고 어여쁜 여우 짓을 한 것일 수도 있다.

하지만 그렇다면 뭐 어쩌랴. 여우면 여우인 대로 좋은 것이고 지혜로운 것이니 눈치 없이 행동하지는 않을 것이다.

피월려는 저 멀리 골목길 끝자락의 월루를 보니 조금 두통이 가시는 듯했다.

그런데 한 남자가 피월려의 앞길을 막았다. 피월려는 옆으로 피해가려 했으나 그 남자는 의도적으로 다시 한번 피월려의 앞에 섰다.

피월려는 한숨을 툭 쉬었다.

그 남자는 비웃더니 입을 열고 말을 하려 했다.

"이름이 피월……."

피월려는 주먹으로 그 사내의 얼굴을 정권으로 찔렀다. 정신이 몽롱한 가운데 용안의 위력이 반감되어서 그런지 몰라도 그 사내가 적이라는 확신은 전혀 없었다.

그럼에도 공격한 이유는 한 가지였다. 범인이라면 맞고 나동그라져 간단히 해결될 것이고 무림인이라면 피할 것이다.

그다음에 쌍검을 뽑고 죽이든 제압하든 하면 될 일이다.

그 사내는 어찌할 바를 모르는 표정을 지었으나 눈빛만큼은 반짝였다. 순간 고개를 살짝 돌리는 것으로 주먹을 쉽게 피해냈다.

'그러면 그렇지.'

피월려는 망설이지 않고 쌍검을 뽑았다. 각각 반쯤 뽑혔을 때 상대방의 오른발이 아래서 치고 올라오는 것이 보였다. 피월려는 쌍검의 손잡이를 탁 잡아매며 교차시켰고 쌍검의 교차점이 정확히 발의 궤도를 가로막았다.

뜻밖에도 그 남자는 발을 멈추지 않았다.

탁!

칼등과 그 남자의 발끝이 충돌했다.

피월려는 뒤로 황급히 물러나며 자세를 다시금 잡았다.

칼날이 아니라 칼등이라는 확신을 했던지, 혹은 칼날이라도 무시하고 공격한 것이다. 그 둘 중 뭐가 이유가 되든 간에 피월려는 상대방에게 감탄했다.

"어어! 무림인들이다!"

"피해!"

눈치가 빠른 사람들이 큰 소리로 외치며 사람들에게 경고했다. 관병들조차 손님이 되는 이 거리에서는 무림인끼리의 싸움을 말릴 사람이 없다. 기방이나 도박장을 운영하는 흑도 문파는 자신들에게 피해가 오지만 않는다면 아무런 신경도 쓰지 않는다.

이런 무질서한 칼부림에서는 꼭 사람이 다치게 마련이다. 썰물처럼 빠져나간 사람들 때문에, 그 둘은 어느새 큰 바다에 홀로 떠오른 섬과 같이 되었다.

사람들의 소란에 그 남자는 당황한 눈빛으로 주위를 둘러보다가 이내 피월려를 살기 어린 눈으로 째려보고는 멀리 종적을 감추었다.

무림인의 본능으로 방어와 공격을 했으나 이렇게 사람이 많은 곳에서는 함부로 수를 둘 수 없었으리라.

피월려는 쌍검을 집어넣었고, 사람들은 실망의 말을 하나둘씩 내뱉더니 제 갈 길을 가기 시작했다.

작디작은 소동 뒤에 피월려는 제자리에 서서 고심했다.

지금까지 얼굴 한번 본 적 없는 자들의 암살 시도가 모두 세 번이다. 첫 번째는 처음 강가에서 만난 자들이고, 두 번째는 정체를 알 수 없는 남녀, 그리고 세 번째는 지금 만난 자다. 첫 번째, 두 번째와 다르게 세 번째 공격은 계획적이기보다는 즉흥적인 면이 강한 것 같으나 암살 시도는 암살 시도다.

오늘처럼 달이 움직이지 않는 저녁은 손꼽을 듯하다. 무엇 하나 확신할 수 없는 상황. 확실한 건, 그 노사공이 마지막 가는 길에 돈을 쓰기는 아주 팍팍 썼다는 것밖에는 없다.

상식적으로는 천마신교 낙양지부에 귀환하여 보고하는 것이 맞다.

그러나 강가에서도 생각했지만, 오늘은 정말 술과 여인이 필요하다.

"아, 미치겠군. 정말이지, 엿 같아. 이런 뭐 같은 경우를 봤나."

피월려는 한 호흡을 할 때마다 욕지거리를 내뱉었다. 이 상황에도 월루로 걸어가는 자기 자신이 한심스럽기 짝이 없었다. 그러나 그렇다고 발걸음을 멈추지는 않았다.

"내가 죽으려고 환장을 했지. 이 상황에 기루라니……."

그는 꾸준히 걸었고, 또한 꾸준히 육두문자를 씹어뱉었다.

어느새 그는 월루의 정문까지 왔다.

"크흠."

두 명의 거구가 헛기침을 하며 입구를 막아섰다. 피월려의 몰골을 보고 돈이 없다고 판단한 것이다.

피월려는 조용히 묵직한 돈주머니에서 금 한 냥을 꺼내 보였다.

거구들은 놀람을 감추지 못하며 길을 열어주었다. 금 한 냥이면 이런 기루에서 하룻밤에 쓰는 것치고는 말도 안 될 정도로 매우 큰돈이다.

그들은 안쪽에 눈치를 주었고, 안에서 빠르게 기모가 나와 피월려에게 말을 걸었다.

"어머! 어서 오세요. 처음 오셨나요? 아이들을 불러들일까요?"

"아니. 예화라는 기녀가 있을 텐데."

"아, 잠시만요."

기모는 잠시 자리를 비웠고, 피월려는 별 무리 없이 적당한 자리를 찾아 앉았다.

곧 기모가 돌아와 말했다.

"지금 다른 손님과 함께 있네요. 혹시 다른 아이를 원하시면……."

피월려가 말을 잘랐다.

"기다리지."

기모는 피월려의 눈치를 살피면서 말했다.

"그동안 다른 방에서 다른 아이와 있으셔도 되는데……."

"기다리겠다고 했어."

피월려의 단호한 말투에 기모는 속으로 웃었다. 무림인이라고는 하나 나이가 젊으니 기녀에게 마음을 빼앗긴 순진무구한 청년이라고 생각한 것이다. 게다가 돈도 많으니 지속적으로 좋은 돈줄이 될 수 있는 손님이라고 판단했다.

기모의 목소리가 한층 부드러워졌다.

"혹시 지금이라도 술은 드시겠어요?"

"있다가 방에서 먹지."

"흐음, 알았어요."

기모는 피월려가 대화를 귀찮아하는 듯해 일단 그를 혼자 두었다. 하지만 시간이 지날수록 마음이 조마조마해졌다. 이러다가 그냥 가버리면 돈을 그대로 날리게 될 것 아닌가? 그래서 기모는 아직 남자의 손길이 닿지 않은 어린 기녀를 시험할 겸 피월려의 옆으로 가서 말동무라도 하라고 지시했다.

양손의 엄지로 자신의 관자놀이를 지그시 누르며 고개를 숙이고 있던 피월려는 옆에서 나는 인기척에 고개를 슬쩍 돌렸다.

"아, 안녕하세요?"

아직 풋기가 가시지 않은 십 대 초중반의 소녀가 어울리지도 않는 화장과 옷차림으로 서 있었다. 기녀 옷은 가슴을 드러낼 정도로 노출이 심하기 때문에 아직 가슴이 자라지 않은 어린 소녀가 입기에는 어색했다. 그 소녀는 봉 뜬 옷이 자꾸 흘러내리는지 양손으로 살며시 양옆을 눌러 고정하고 있었다.

피월려는 웃어버렸다.

"그래, 이름이 뭐니?"

"흑설이라고 해요."

"흑설? 기녀다운 이름이네. 다리 아프게 서 있지 말고 앉아."

흑설은 기모의 눈치를 슬금슬금 보더니 슬쩍 쭈그려 앉았다. 그러고는 말없이 피월려와 기모를 번갈아보며 안절부절못했다.

피월려는 다시 한번 웃고는 말했다.

"그래, 어머니는 어디 계시니?"

"……"

소녀는 말이 없었다.

피월려는 본능적으로 자신이 실언했다는 것을 깨달았다. 어린 소녀이니 무심코 부모에 대해서 물어본 것인데, 이런 기루에서 생활하게 된 소녀의 어머니가 정상적인 사연을 가질리 없었다.

"아, 미안하다."

피월려의 사과에 흑설은 고개를 도리도리 돌렸다.

"아, 아니에요. 사실 어머니의 얼굴은 본 적도 없어요."

피월려는 예상 밖의 말에 놀랐다.

"어머니의 얼굴을 본 적이 없다니? 그게 무슨 말이니?"

"절 낳다가 돌아가셨거든요."

"그럼 아버지는?"

피월려는 말하는 동시에 후회했다. 어머니가 없다 하니 아버지가 튀어나온 건데 조금만 생각해도 별로 바람직한 질문이 아니다.

그는 혹시라도 흑설의 마음에 상처를 건든 것이 아닌가 걱정이 되었다. 그런데 의외로 흑설은 침묵을 지키거나 감정의 동요를 일으키는 대신 아무렇지도 않게 순순히 대답했다.

"돌아가셨어요. 며칠 전에."

며칠치고는 별로 슬픔이 엿보이지 않았다. 피월려는 의아함을 느꼈으나 우선 위로했다.

"많이 힘들겠구나."

흑설은 입술을 삐죽이며 어깨를 들썩였다.

"별로요. 어렸을 때부터 여기에 저를 두고 낙양성을 누비고 다니셨어요. 일 년에 몇 번밖에 얼굴 본 적 없는데 한 번씩 쫓겨날 때쯤에서야 돈을 보내서 그래도 나한테 신경은 쓰나 보다 했죠. 그런데 죽었대요."

흑설은 피월려 옆에 털썩 주저앉았다.

피월려는 이해할 수 없는 어린 기녀의 태도에 어찌할 바를 모르고 그냥 바라보고만 있었다. 그러자 흑설이 피월려를 올려다보며 물었다.

"아저씨는 이름이 뭐에요?"

"그건 왜 물어?"

"제 이름을 말했으니까 아저씨도 말씀하셔야죠."

"그야……."

"그야?"

말을 흐렸으나 작은 소녀는 피월려를 빤히 바라보며 대답을 기다렸다.

그는 결국 이름을 내뱉었다.

"왕일이야."

피월려는 자신이 생각해도 어이없을 그 허접한 거짓말에 한숨이 나왔다. 다행히 흑설은 어린 나이라 그런지 눈치채지 못한 듯싶었다.

"왕일? 성은요?"

"없어, 그런 거."

"그럼 왕일 아저씨는 뭐 하세요?"

"뭐 하다니?"

"일이요, 일! 무림인이라고 하던데, 막 칼로 싸우고 사람들 죽이고 그러는 거 맞죠?"

흑설은 피월려가 찬 쌍검을 마구 가리키며 눈빛을 반짝였다. 피월려는 짧게 생각한 후 대답했다.

"뭐, 부정할 수는 없겠네."

"에이, 그게 무슨 말이에요?"

"그런 게 있어."

"그런 게 뭔데요?"

"아, 있다니까."

"피이."

"애들은 몰라도 된단다."

"그, 그러면 무공은요? 막 날아다닌다고 하던데, 사실이에요?"

피월려는 슬슬 짜증이 나기 시작했다. 그가 뭐라 말할 차에 누군가 흑설을 뒤에서 안아 들었다.

"손님을 귀찮게 하면 못쓴다."

바동거리는 흑설을 잡고는 피월려를 향해 깊은 미소를 짓는 여인은 다름 아닌 예화였다.

"다른 손님이 있다 들었는데, 벌써 나온 건가?"

피월려의 질문에 예화가 고혹적인 미소를 지었다.

"모든 손님이 당신처럼 남자다운 밤을 여인에게 오랫동안 선사하는 건 아니에요."

흑설 앞이라서 그런지 예화는 은유적이다 못해 시적으로 표현했다.

피월려는 피식 웃으며 자리에서 일어났다.

"입에 발린 말 하기는. 어디로 가면 되지?"

"잠시만 계세요. 흑설이 좀 데려다주고요."

"알았어."

예화는 흑설을 데리고 기모에게로 갔다. 그리고 작은 실랑이가 오갔는데, 피월려가 보기에는 아버지가 죽어서 돈을 대줄 수 없으니 기녀로라도 키우겠다는 기모의 의견과 아직 기녀 일을 하기에는 어리다는 예화의 의견이 충돌하는 것 같았다.

곧 예화가 다가왔다.

"따라오세요."

그런데 그녀 뒤에 숨어 있던 흑설이 빠끔히 얼굴을 내밀고 말했다.

"흐응, 오늘 밤에 왕일 아저씨랑 하는 거야?"

흑설은 기루에서 자란 아이답게 노골적인 표현을 서슴없이 했다. 오히려 예화의 얼굴이 붉게 달아올랐다.

"뭐, 뭐라는 거야, 얘가! 빨리 안 들어가!"

"히히히힛."

흑설은 두 손으로 입을 가리고는 종종걸음으로 도망갔다.

진땀을 흘리던 예화는 어찌할 줄 모르다가 작은 목소리로 속삭이듯 말했다.

"죄, 죄송해요. 애가 기루에서 자라서 그런 것이니 이해해주세요."

"나는 상관없어."

"마음이 넓으신 분이시네요. 이쪽으로 따라오세요."

예화는 곧 빠른 걸음으로 걷기 시작했고, 피월려는 아무런 표정 없이 묵묵히 그녀를 따라갔다.

후끈후끈한 월루의 복도에는 인사불성인 취객과 이리저리 돌아다니는 기녀들로 가득했다. 낙화루처럼 악기와 풍악 소리보다는 시끄러운 남정네들의 고함이 더 큰 이곳은 누구라도 걷는 것만으로도 신경이 곤두설 것이다. 그러나 피월려에게만큼은 더할 나위 없이 안락한 소리로 들렸다.

그들은 계단을 두 번이나 올라갔다. 한 번 올라올 때마다 소음이 확연하게 줄어 삼 층에서는 잠을 청할 수 있는 수준으로 작아졌다.

방에 도착할 때쯤 예화가 뒤도 돌아보지 않고 물었다.

"성함이 정말 왕일이세요?"

"……."

뜬금없는 질문에 피월려는 대답할 기회를 놓쳐 머뭇거렸다. 그러자 예화가 먼저 말을 이었다.

"아, 죄송해요. 신경 쓰지 마세요."

예화는 민망했는지 서둘러 방 안으로 들어갔다. 그녀가 들어간 방은 선에 쓴 그 방이 있는데, 몇 개의 촛불이 은은하게 어둠을 밝히고 있었다.

예화는 촛불을 하나하나 돌보며 말했다.

"들어오세요."

피월려는 적당한 자리에 앉았고, 그녀는 방문을 나서며 다시 한번 물었다.

"술을 가져올까요?"

"어."

"어떤 걸로?"

"돈은 많으니까 알아서 가져와."

"이번에 황주가 들어왔는데 한번 맛보시겠어요?"

황주는 여아가 태어나면 땅에 묻었다가 그 딸이 장성하여 시집을 갈 때 혼례용으로 사용하는 술이다. 그 수량과 사용도가 매우 귀하기 때문에 값을 치르고 사 먹는 것은 일반 백성일 경우 거의 불가능하다.

"황주? 종류는 뭔데?"

"백 년 이상은 묵은 노주예요."

여아가 자라다가 병이나 사고로 죽게 되어 땅속의 황주가 잊히게 되는 경우가 간혹 생기는데, 이것이 오랫동안 땅속에서 보존되다가 발견될 때는 노주라고도 불린다. 황주도 값어치가 높은데 더 귀한 노주는 말할 것도 없으며, 웬만한 거부도 쉽게 구할 수 없었다.

그런 노주가 지금 월루에 있는 것이다.

"이거 참, 운이 좋군. 이런 데서 어떻게 노주를 얻게 된 거래?"

피월려가 중얼거리자 예화가 재빨리 말을 돌렸다.

"여기서는 살 수 있는 손님들이 없으니 곧 기모께서 낙화루에 파실 생각이신 것 같아요. 오늘 찾지 않으시면 못 마실 걸요?"

"흠. 뭐 까짓것, 먹어보지. 그거 얼마나 되는데?"

"금으로 한 냥이라 들었어요."

금 한 냥이면 정확히 피월려가 문지기들에게 보여준 것이다. 예화도 그 이야기를 들은 것이 분명했다.

피월려는 입가에 미소를 지으며 헛웃음을 뱉었다.

"하하하! 뭐, 좋아. 그 대신 너무 비싸니 금 한 냥에 너까지 포함하는 거다."

예화는 손가락을 들어 턱에 괴더니 눈가를 가늘게 떴다.

"그건 곤란해요. 제 값은 따로 치러주셔야 해요."

"뭐, 금 한 냥을 쓰는 데 은 한 냥 더 못 보탤까. 알았으니까 가져와."

저번 하룻밤을 보낼 때 피월려는 예화를 안고자 은 한 냥을 써야 했다. 몸만 파는 창기와 다르게 노래와 웃음을 파는 기녀들은 콧대가 높아서 그런지 놀라도 기본적으로 봄값이 은 한 냥은 된다. 그것조차도 정해진 가격이 아니라 기녀와 마음이 맞았을 때 이야기이지 만약 꺼려지는 손님이라면 두 냥, 세 냥씩 마음대로 올라간다.

예화는 시선을 내리며 슬픈 미소를 지었다.

"왠지 슬프네요. 제가 술값보다 못하는 게. 낙화루의 낙양 사화는 금 한 냥으로도 품지 못하겠죠? 그런데 저는 고작 은 한 냥이라니, 오늘 밤에는 기운이 없어도 이해해 주셔야 해요."

피월려는 어느 순간부터 기회가 되면 술과 여자, 아니면 도박장을 찾았다. 무림인은 매일같이 손에 피를 묻히다 보니 거짓이라도 안식처가 필요했고, 피월려의 경우, 출신이 출신인지라 더더욱 그랬다.

그는 기녀와의 경험도 많았고 기녀들이 하는 낯간지러운 말도 익숙해질 때로 익숙해져 있었다.

피월려는 예화의 말을 단번에 이해하고는 속삭이듯 따스하게 말했다.

"금 한 냥 더 줄게. 그 대신에 오늘 밤은 계속 여기 있어, 저번처럼."

예화의 표정은 지금까지는 상상할 수조차 없을 정도로 환해졌다. 그녀는 활짝 웃으며 말했다.

"호호호! 장난이에요. 그래도 듣기는 좋네요."

그녀는 피월려의 예상대로 선을 아는 여자였다. 예화의 어깨가 들썩이고 발걸음이 가벼워진 것을 본 피월려의 마음에는 기쁨과 슬픔이 동시에 솟아났다. 자괴감과 뿌듯함, 이해할

수 없는 감정들 때문에 머리의 두통이 다시 느껴지기 시작했
다.

그래도 저리 좋아하지 않는가?

예화의 뒷모습에 눈을 뗄 수 없었던 피월려는 한 가지 마
음속에 걸리는 것이 있었다. 그녀가 막 나가려고 할 때 다급
하게 그녀를 불러 세웠다.

"예화."

"예?"

"……."

피월려는 막상 이름을 불러놓고 망설여지기 시작했다.

"무슨 일이세요?"

판단은 내려지질 않고 머릿속은 복잡하다.

피월려는 그냥 편해지기로 마음먹었다.

"내 이름은 왕일이 아니야."

"……."

"월려. 피월려야."

예화의 눈동자가 보름달처럼 커졌다.

"피, 피월려요?"

"응, 피월려."

"……."

예화는 석상처럼 굳어 피월려를 응시했다. 피월려의 용안은

예화의 흔들리는 눈동자를 읽어내었다. 예화가 조금 당황한 것이다.

곧 예화의 얼굴에는 전에 볼 수 없었던 포근함이 피어 나오기 시작했다. 따스한 어머니의 표정을 지은 예화가 졸음을 일으키는 느긋한 목소리로 말했다.

"고마워요."

그녀는 진한 분향을 남기고 나갔다.

피월려는 다시금 느껴지기 시작한 두통 때문에 머리를 부여잡았다. 잠시나마 현실로 돌아왔던 정신이 다시금 아득해지려 했다.

*   *   *

반각이 흐르고 일각이 다 돼간다.

피월려는 오른쪽 무릎에 팔을 걸치고 진설린에 대한 생각에 잠겨 있었다.

그가 처음 낙양사화를 보았을 때는 선녀가 하늘에서 내려온 것 같다는 생각이 들었다. 그러나 진설린을 보았을 때에는 그것을 넘어섰다.

그때는 세상 자체가 선계일지 모르겠다는 착각이 들었다. 그 비현실적인 아름다움과 그것을 꺾었다는 충격 때문에 그

날 밤의 기억은 조금도 흐려지지 않았다.

그러나 이상하게도 그날 죽었다는 황보영이라는 호위무사
는 기억나지 않는다. 그와 그의 동료에 관한 정보는 진설린에
게 호위무사가 있었다는 점과 노사공의 이야기로 유추된 것
이기에 그들 하나하나의 생김새나 옷차림새는 머릿속에 전혀
남아 있지 않았다.

그나마 생각나는 것은 그들이 사용했던 패도적인 검술. 그
외의 부분은 전부 흑색이다. 만약 노사공이 황보영이라는 이
름을 다시 상기시켜 주지 않았다면 이대로 기억의 저편으로
넘어가 쉽게 잊어버렸을 정도의 흔한 일이다.

"네 명을 죽였는데 말이지."

피월려가 낮게 중얼거렸다.

생각이 서서히 꼬리에 꼬리를 물기 시작했다.

피월려는 낙양에 도착하고 난 후에 자신이 저지른 살인을
기억하려 애썼다. 그런데 생각하면 할수록 두통이 심해지고
머릿속이 캄캄해졌다. 그러나 그는 멈추지 않았다. 결국 머리
에서 맥박이 느껴질 정도가 되었을 때, 겨우 한 가지가 생각
났다.

진설린의 소재를 캐려고 죽였던 하오문의 일당 다섯, 그들
도 죽였다.

피월려는 바싹 말라가는 침을 삼켰다.

누구를 살인했는지 기억하는 것이 마치 어젯밤에 먹은 점심거리를 생각하는 것처럼 희미하다. 이제는 다른 사람의 피를 보는 것이 밥을 먹는 것과 같은 일상생활이 되어버렸다.

갑자기 온몸에 소름이 돋는다.

전신이 찌릿찌릿해 온다.

피월려는 양손으로 자신의 볼을 힘껏 쳤다.

짝!

두통이 한순간 사라지는 듯했으나 금세 돌아왔다.

짜악! 짜악!

몇 번을 쳐도 마찬가지였다.

피월려의 눈빛에서는 차가운 냉기가 겉돌기 시작했다. 불쾌하기 짝이 없는 기분이 가시질 않는다.

피월려는 이 이상한 감정을 분석하려 했다.

살인이 일상생활이 된 것, 그것으로부터 자기혐오를 느끼는 것인가? 피월려는 피식 웃음을 지었다. 그것은 절대 아니다. 애초에 그런 선악의 개념은 무림인이 되었을 때 버렸다. 그리고 무고한 사람들이 아니라 무림인을 죽인 것이니 무림의 생리에 따른 것뿐이다.

무림인으로 산다는 것은 그런 것이다.

무림인으로서의 그들만의 약속된 정의. 그것이 있기에 전 중원에 무림인들끼리 서로 죽고 죽이며 사는 무림이 존재할 수 있다.

그렇다면 진설린은 어떠한가? 연약했던 그녀를 죽였기 때문에 이런 감정이 드나? 피월려는 이번에도 고개를 저었다.

근본적으로 그녀는 무림의 가문인 황룡무가의 여식이다. 무림의 생리에서 벗어날 수는 없다. 무공을 익히지 않았다는 핑계는 통할 수 없다. 그녀를 죽인 것이 마음에 걸리는 이유는 그녀가 무공을 모르는 여인이기 때문이 아니라 단순히 아름다웠기 때문이다. 냉정하게 자신을 관찰해 보면 답은 그것이다. 지금까지 보지 못했던, 완벽이라 말할 수 있는 그 이상적인 아름다움을 스스로 잘라내었다는 것이 계속해서 마음에 걸렸던 것이다.

완벽한 우위에 있던 그 상황에서 폭력을 휘두른다면 얼마든지 취할 수 있는 빛나는 보석을 봐버렸다. 곧 남자의 본능 중 가장 강한 성욕이 눈을 떴다. 그걸 자존심이라는 놈 때문에 스스로 잘라내었다.

그는 진설린의 마지막 말이 남긴 수치심을 경건하기까지 한 깨끗한 살인으로 해결했다. 마치 강간 따위나 하는 쓰레기가 아니라는 것을 승명이라도 하듯 말이다.

다시 생각해 보면, 진설린이 강간의 위험에서 벗어나고자 의도적으로 도발한 것이 분명했다. 절대적인 무력 차이를 느끼고, 자존심을 자극하는 최선의 방법을 고른 것이다. 그리고 그런 방법을 생각해 냈다는 것은 피월려가 어떤 인간인지 그 절박한 순간에 파악했다는 것이다.

자존심으로 똘똘 뭉친 갓 스물을 넘긴 청년고수.

간단히 말하면 애송이다.

살인을 밥 먹듯이 하는 것은 괜찮고 여인을 강간하는 것은 안 된다고 믿는 애송이 말이다.

"큭큭큭."

피월려는 자조적인 웃음을 흘렸다.

모순이 아닌가?

그러나 무림의 생리가 그렇다.

무림인이 그렇다.

그들은 다른 무림인을 죽이는 것에는 큰 의미를 두지 않으면서 힘없는 여인을 강간하는 것에는 감히 죄라 말한다.

그렇다면 이런 모순에서부터 오는 자괴감이 그를 괴롭히는 것일까?

그럴 리가 없다. 피월려는 어리지만 십 년이 넘는 세월 동안 무림에 몸담고 살아왔다. 그는 더는 이런 모순에 휘둘리지 않는다. 무림인이 되어서 이런 고민을 수도 없이 했으나 지금은 완전히 받아들인 상태이다.

따라서 죄책감 때문에 이런 기분 나쁜 감정이 드는 것은 아닐 것이다.

그럼 이 기분 나쁜 감정은 무엇이란 말인가?

왜 뜬금없이 하필 오늘 이리도 그를 괴롭힌단 말인가?

"오늘… 그래……."

피월려의 뇌 속을 한순간 스쳐 지나가는 것이 있었다.

오늘, 지금 이 순간에 이런 기분이 드는 이유는 무엇인가?

왜 하필 지금인가?

피월려의 입술이 그의 생각을 따라 움직였다.

"오늘 있었던 일이 뭐지?"

오늘 대부분은 극양혈마공을 익히며 보냈다. 그리고 저녁
에 밖으로 나와 암살로 의심되는 것을 세 번이나 당했다. 전
에 무영비주에게 당한 것도 포함한다면, 지금까지 총 네 번의
암살 시도다.

"애초에 내가 무슨 생각을 하고 있었지?"

피월려는 두통을 최대한 무시하고 복잡한 머릿속을 뒤적거
렸다.

황보영.

노사공.

암살.

"아!"

깨달음과 동시에 머리에 벼락을 맞은 듯한 충격이 찾아왔
다.

피월려는 손바닥을 쳤다.

"위험하군."

살인이라는 것은 중대사다.

죽음이 중대사이기 때문이다.

중대사.

어떤 가족의 가장이, 아들이, 딸이, 어머니가 죽는 일이다.

살인을 매일같이 하다 보니 그것을 까먹었다.

아무렇지 않다고 생각하고 잊어버린다.

하지만 누군가에게 있어 그것은 중대사이다.

하루도 거르지 않고 마음속의 증오를 칼처럼 날카롭게 만들어 언젠간 복수할 날을 꿈꾸게 한다.

흐릿해진 기억의 여파가 점점 생명줄을 옥죄오는데, 그것을 감지하지 못한다.

불안하기 짝이 없다.

언제 어둠이 덮칠지 모른다.

무엇 때문인지도 모른다.

피월려는 지금 자기가 느끼는 감정이 무엇인지 확실히 알았다.

"공포, 복수에 대한 공포구나."

좋지 않다.

매우 좋지 않다.

이런 공포를 마음에 품고 검을 휘두르면 검이 느리다. 그리고 무림인은 언제 칼부림이 나도 이상하지 않다. 즉, 언제라도 죽을 수 있는데 이런 감정에 휘둘리다가는 그대로 죽을 뿐이다.

피월려는 마음을 다잡기 위해서 무의식적으로 검에 손을 가져다 두었다.

그의 손은 미세하게 떨렸고, 그는 눈짓으로 빠르게 방문과 창문을 훑어보았다.

자기도 모르게 주변을 경계하게 된 것이다.

왼쪽 한 번, 오른쪽 한 번, 그리고 고개를 다시 숙인다.

그의 목이 뇌의 명령을 수행하는 동안 뇌는 그 빠른 속도 때문에 점이 선이 되는 시야의 흐름을 분석해야 했다. 게다가 두통까지 있어 즉각적으로 해석되던 것이 평소보다 두 배에서 세 배 정도 느렸다.

즉, 피월려의 고개가 다시 바닥에 도착할 때까지 그의 뇌는 시야를 느꼈을 뿐 이해하지 못했다.

그래서 피월려는 창가에서 얼굴을 찌푸리고 손으로 턱을 받치고 있던 진설린의 모습에 딱히 이렇다 할 반응을 보이지 못했다.

피월려의 눈꺼풀이 한 번 감겼다 떠졌다.

'창가에 누군가 있다.'

한 번 더 감겼다 떠졌다.

'진설린이다.'

한 번 더 감겼다 떠졌다.

'왜 있지?'

이번에는 감기지 않았다.

피월려는 멍한 표정으로 한없이 천천히, 그리고 한없이 부드럽게 고개를 돌렸다. 흡사 눈동자가 굳어버려 움직일 수가 없어서 고개를 돌려 시야를 확보하는 것 같았다.

달빛이 쏟아지는 창가에는 한 선녀가 걸터앉아 부드럽고 따스한 눈길로 그를 내려다보고 있었다.

진설린은 참으로 아름답기 그지없었다.

충분히 놀랄 법도 하지만, 피월려의 표정은 미동도 하지 않았다.

있을 수 없는 일이 일어나면 사람은 당황하게 마련이다. 하지만 피월려는 그런 기색이 전혀 없었다.

인간의 정신력과 심력을 늘려주고 생각의 속도를 가속하는 용안심공은 그 놀라운 효능만큼 부작용이 따르는데, 그중 하나가 바로 심신이 지쳤을 때 환상을 보는 것이다. 흐릿하거나 불투명하지 않은, 현실과 차이점을 느낄 수 없는 수준의 환영이 눈에 보인다.

그는 이런 식의 환영을 많이 보았다. 스승님이 나왔을 때도 있었고, 부모님이 나왔을 때도 있었다. 지금까지 진설린에 대한 생각을 했으니 그녀의 환상이 눈에 보이는 것이라 생각했다.

피월려는 시선을 다시 움직여 바닥으로 향했다. 지금까지의 경험을 토대로 하면 환영은 무조건 무시하는 게 상책이다.

"대단해요. 안 놀라셨어요? 솔직히 경악한 표정이 어떨까 기대했는데 별로 재미가 없는 사람이군요. 린지 언니는 별로 거짓말을 할 것 같지는 않았는데……."

피월려의 입술이 조금 벌어졌다.

환영은 소리로 말하지 않는다. 환영의 목소리는 머릿속에 울려 퍼지는 것이지 공기를 통해서 귀로 전달되는 것이 아니다. 그런데 그녀의 목소리는 방 안에 갇혀 여러 번 중첩되어 들렸다.

설마 환영이 아닌 것인가?

"엇, 차아."

진설린이 작은 창문을 통해서 들어옴과 동시에 밖의 공기 또한 그녀의 움직임을 타고 방 안에 흘러들었다.

시원한 밤공기가 피월려의 몸을 쓸었다.

환영이 정말로 바람에 영향을 미칠 리가 없다.

피월려는 얼이 빠진 듯한 표정으로 물었다.

"지, 진짜 진 소저요?"

"가짜 진 소저도 있나요? 소개해 주실래요?"

"그, 그게 아니라……."

진설린은 창문을 닫고 피월려의 코앞에 앉았다. 그러고는 양손으로 의지한 채 상체를 숙이며 고개를 불쑥 내밀었다. 그렇게 서로의 얼굴이 거의 밀착한 상태로 그녀는 피월려의 얼굴을 자세히 들여다보기 시작했다.

피월려의 눈빛과 표정은 그녀의 기대 이상이었다.

"놀라는 게 늦어요. 시기가 지났다고요."

피월려는 자기도 모르게 왼손을 들었다. 그리고 서서히 진설린의 얼굴에 가져갔는데, 진설린은 그의 눈빛과 손길을 번갈아 쳐다볼 뿐 거부하지는 않았다.

피월려의 손바닥이 진설린의 볼에 닿았다.

인간의 것이라고 하기에는 믿을 수 없는 한기가 피월려의 피부 속을 파고들었다. 차가운 밤에 돌아다녔다고 피부가 차게 된 것과는 비교도 할 수 없을 정도로 서늘했다.

진설린은 초롱초롱한 눈빛으로 피월려를 보았다. 피월려는 그 눈빛에 정신이 번쩍 들어 손을 황급히 떼고는 헛기침을 하며 대화를 시도했다.

"크흠, 그, 그런데… 그……."

"뭐가요?"

다행히도 어색한 분위기를 조금 진정시킬 적당한 말이 떠올랐다.

"오늘 아침에 있었던 일은 미안하오."

진설린은 눈웃음을 지으며 손을 내저었다.

"괜찮아요. 신경 쓰지 마세요."

여자가 남자 앞에서 눈물을 보인 상황은 일단 모든 이유를 불문하고 여자로서 절대 그냥 넘어갈 수 있는 일이 아니다. 그러나 그녀는 그것을 지금 이 자리에서 문제 삼고 싶지 않았다.

양손을 흔드는 진설린의 겉모습에는 그녀의 속내가 전혀 드러나지 않았다.

피월려는 머리를 긁적이면서 무심하게 대답했다.

"그랬다면 다행이오."

남자들의 세상인 무림에서 자라온 피월려가 그런 여인의 속을 헤아릴 수 있을 리가 없었다. 심지어 무림에서는 칼로 서로에게 상처를 입히고는 아무렇지도 않게 넘어간 경우도 허다하다.

피월려는 말 한마디로 이 일을 잊어버렸다. 죽고 죽이는 무림에서 사는 그에게는 사실 눈물을 흘리는 정도의 일은 배우 작은 일에 속하기 때문이다.

"……."

진설린은 눈길을 피하는 피월려가 이대로 그 일을 잊어버릴 것 같다는 확신이 들었다. 엄연히 지금 문제로 삼지 않겠다는 것이지 이대로 용서했다는 의미는 아니다. 그런데 피월려는 마치 그 일에 대해서 면죄부라도 받은 양 생각하는 것 같다.

다시금 화가 나려고 하지만 그녀는 이번에도 미소를 유지하며 속내를 숨겼다.

그 속을 알 리가 없는 피월려는 슬그머니 상투적인 질문을 했다.

"여, 여긴 어쩐 일이오?"

피월려는 스스로 물어놓고도 참 웃기다고 생각했다.

삼 층 높이의 창을 통해서 막무가내로 방에 들어온 여인에게 어쩐 일이라고 묻다니……

어쨌든 진설린은 평소처럼 밝게 대답했다.

"린지 언니가 일하러 가야 한다고 해서 심심한 차에 그냥 따라 나왔어요."

피월려는 말의 의미보다는 한 단어에 더 관심이 쏠렸다.

"린지? 서린지 소저가 말이오? 그녀가 여기 있소?"

피월려의 표정이 다시금 당황함으로 물드는 것을 본 진설린의 얼굴이 살짝 굳었다.

"왜요? 보고 싶어요?"

기루에서? 피월려는 단호하게 말했다.

"절대 아니오. 그저 같이 왔다 해서 물은 것뿐이오."

진설린은 눈을 게슴츠레 뜨고는 입술을 삐죽거렸다.

"같이 걷던 중에 피 공자의 기운이 느껴져서 잠시 다른 데 좀 들른다고 말하고 여기로 온 거예요. 저도 이 느낌이 피 공자의 기운인지 그저 지나가는 기운인지 확신이 없어 피 공자의 이름은 언급하지 않았어요. 린지 언니는 여기 없어요."

피월려는 그녀의 말을 듣고 안심이 되었다. 그런데 그녀의 말에서 한 가지 이상한 점을 느꼈다. 그러고 보면 진설린이 지금 어떻게 그를 찾았는지가 미지수였다.

그가 물었다.

"내 기운이 느껴졌다는 것은 무슨 말이오? 나를 여기서 찾은 것과 관계가 있는 말 같소만."

"말 그대로예요. 피 공자의 기운이 느껴져서 그 기운을 따라와 보니 여기더군요. 기루일 거라고 어렴풋이 예상은 했지만, 그래도 조금 실망이에요."

피월려는 진설린이 실망을 하든 말든 그것에 관심을 갖는 대신, 그 기운이라는 것에 좀 더 관심을 뒀다.

"기운이 느껴진다는 것은 그러니까, 내가 어디 있는지 위치를 파악할 수 있다는 말이오?"

"네, 가능해요."

"어찌 그런 일이 가능할 수 있단 말이오?"

"그야… 극음귀마공 때문이죠."

피월려의 어리둥절한 표정에는 변화가 없었다.

"좀 더 자세히 설명해 줄 수 있소? 난 진 소저를 바로 전에 창가에서 볼 때까지 여기 오는 줄은 꿈에도 몰랐소."

"자세하게는 저도 몰라요. 하지만 전 이상하게도 피 공자 생각이 자꾸만 나던 걸요. 그리고 그냥 느껴졌어요. 피 공자가 어디 있는지."

"……"

극양혈마공 어디에도 이런 일에 대한 어떠한 언급이 없었다. 피월려는 온종일 외운 극양혈마공을 다시금 머릿속으로 되새겼다.

구결을 하나하나 떠올리는데 그는 갑자기 또다시 이상함을 느꼈다.

두통이 없다?

무공의 구결을 떠올릴 정도로 정신을 집중하고 있는데도 말이다.

피월려는 이해가 가지 않는 듯 눈동자를 이리저리 굴렸고, 진설린은 그것을 이상하게 바라보며 다시 말을 이었다.

"이런 식으로밖에 설명을 못하겠어요. 그런데 기녀는 어디 가고 피월려 혼자 방에 있는 건가요?"

피월려에게는 진설린의 목소리가 전혀 들리지 않았다.

그는 갑자기 정신이 맑아지고 개운해진 이 급변한 현실을 이해하지 못해 그 생각에 붙잡혀 있었다.

진설린은 그가 걱정되었다.

"피 공자? 괜찮나요?"

"괘, 괜찮소."

"안 괜찮아 보이는데요?"

"괜찮소."

진설린은 한숨을 내쉬고는 자리에서 일어났다.

"불편하신 것 같네요. 하긴 이곳에서 전 그리 반가운 손님은 아니니까요. 남자들은 왜 이런 곳에 오는지 이해를 못하겠지만, 뭐 제가 남자가 아닌 이상 알 수 없겠죠. 나갈게요. 너무 오래 있지는 마세요."

씁쓸한 표정의 진설린은 쓴웃음을 짓고는 터벅터벅 걸어 창문을 열고 밖으로 뛰었다. 단지 창문이라는 것이 밖으로 나가고자 만들어놓은 것이 아니라는 것만 뺀다면 그녀의 행동에 문제가 될 것은 없었다.

깊은 생각에 빠져 있던 피월려는 이곳이 삼 층이라는 것이 번뜩 생각이 나 다급한 목소리로 외쳤다.

"신 소서!"

그는 창가로 빠르게 다가갔다. 고개를 내밀고 보니 진설린은 땅바닥에 쿵 하고 착지하고 나서 아무렇지도 않게 몸을 툭툭 털더니 걸음을 옮기기 시작하고 있었다.

진설린은 강시이고 그 육체는 인간의 것을 초월한다. 피월려는 그녀가 경공도 모르는 몸으로 어떻게 삼 층까지 올라오고 내려갔는지 대강 이해했다.

문득 아차 하는 생각이 들었다.

"아! 주 소저의 사망 소식을 전했어야 하는데……."

그 살수들에 대해서도 말해야 했다.

게다가, 주하의 죽음을 제대로 확인도 하지 않았다.

살았으나 그대로 방치했기에 죽었다면?

"후아."

오늘 밤은 하나부터 열까지 그의 머릿속이 뿌연 안개처럼 흐릿했다.

피월려는 자신이 미친 듯이 한심해지는 마음에 머리를 부여잡았다.

스르륵.

그때, 방문이 열렸다.

"방 안이 차갑네요."

피월려가 고개를 돌려보니 그곳에는 금(琴)을 양손에 다소곳이 든 예화가 보였다. 그녀의 옆에는 적색의 술병과 잔을 든 흑설도 보였다.

다시금 두통이 시작되고 정신이 흐려졌다.

생각하는 것 자체가 귀찮아진다.

저만치 걸어가는 진설린에게서 떨어지지 않는 눈길을 애써
돌리며 그는 창문을 닫았다.

　　　　　　＊　　　　　　＊　　　　　　＊

　　"크아!"
　　노주는 역시 오래된 술답게 매우 독했다.
　　흑설은 미숙한 손길로 술병을 들어 빈 술잔에 얼른 노주를
다시 채워 넣었다. 피월려는 목구멍이 타는 듯한 상쾌함을 느
끼며 흑설의 머리를 쓰다듬었다.
　　"이 어린애는 왜 데리고 온 거야?"
　　조용한 가락을 연주하던 예화는 미소를 지을 뿐 입을 열지
않았다. 피월려는 노주를 한 번 더 들이켜고는 눈을 감고 자
리에 반쯤 누워 다리를 꼬았다. 그러고는 흑설을 향해 손짓하
며 말했다.
　　"여기로 와서 무릎 꿇어봐."
　　"네?"
　　"침이 없으니까 네 무릎이라도 써야겠어."
　　흑설은 술병을 내려놓고 종종걸음으로 그의 머리맡으로 오
더니 무릎을 꿇고 앉았다. 피월려는 아직 뽀송뽀송하고 야들
야들한 어린아이의 피부 위에 사정없이 거친 머리를 대었다.

혹설은 벌써 무릎이 저린지 얼굴을 잔뜩 찌푸렸다.

피월려는 아랑곳하지 않고 대뜸 눈을 감아버렸다. 그러고는
예화의 연주에 귀를 기울였다.

예화의 연주는 더도 말고 덜도 말고 딱 기녀 수준이었다.
듣기 거북하지 않으나 딱히 빠져드는 것도 아닌 편안한 느낌,
피월려는 그것이 좋았다.

겨우 두어 잔 마신 노주가 뱃속에서 폭약처럼 터지면서 몸
을 달궜고, 금세 취기가 머리까지 닿았다.

두통은 사라지고 마음속의 걱정거리도 모두 지워졌다. 언
제인지도 잊어버렸을 정도로 아늑한 집의 포근함이 피월려의
마음을 조금씩 적셨다.

예화의 연주가 끝나자 피월려는 숨을 깊게 들이마시더니
후 하고 내뱉었다.

"좋은 연주야."

"제가 한 곡이 무엇인지 아시나요?"

"설마, 내가 음악에 대해서 알아봤자 뭐에 써먹겠어. 그냥
마음이 편해지면 좋은 것이지."

"호호호, 그런가요?"

"응. 한잔 따라줘."

예화는 익숙한 손길로 노주를 잔에 따라 혹설에게 주었다.
그러고는 미소를 지으며 다정하게 말했다.

"먹여주렴."

피월려의 표정이 무섭게 굳었다. 그 얼굴을 본 흑설이 움찔거렸다.

그는 깊은 숨을 내뱉었다.

"네가 와서 따라. 애 시키지 말고."

"어쩔 수 없어요. 책임질 사람이 없으니 이젠 본인이 일을 해야죠."

"……."

"기루에서 자랐으니 이 일을 잘 알아요. 그러니 생각보다 어렵지 않을 거예요."

"예화."

"부탁해요. 첫날밤은 너무 가혹해요. 그나마 당신 같은 남자라면 괜찮지 않겠어요?"

처음 예화와 함께 흑설이 들어왔을 때부터 눈치를 챘던 것이다.

설마 했더니 그런 것이다.

피월려는 상체를 벌떡 일으켰다.

"정말 싸증 나는군그래."

"부탁해요."

피월려는 흑설을 돌아보았다.

그녀는 말똥말똥한 눈으로 한 점의 두려움도 없는 눈빛으로 피월려를 마주 보았다. 그것은 너무나 맑다 못해 차갑기까지 한, 나이에 어울리지 않는 눈동자였다.

피월려는 그 눈빛이 왜 이리도 짜증 나는지 알 수 없었다.

"술."

예화는 노주를 잔에 따랐고, 피월려는 술잔을 금세 비웠다. 그러고는 화가 난 듯 거칠게 술병을 빼앗아 들고는 벌컥벌컥 숨도 안 쉬고 들이켰다.

금 한 냥은 그렇게 피월려의 뱃속으로 모두 사라졌다.

"오늘은 널 산 거야. 이 어린애가 아니라. 너무 어려. 다른 사람 알아봐."

예화는 미소를 잃지 않았다.

"난 그래도 당신이 결국 제 말을 들어줄 걸 알고 있어요."

"내가? 왜?"

"당신은 상냥하니까요."

"상냥은 개뿔. 이런 젖비린내 나는 년이 누구랑 첫 밤을 지새우든 계속 몸을 팔든 내 일이 아니야. 너 오늘 여기 있을 거야, 말 거야?"

예화는 금을 들고 자리에서 몸을 일으켰다.

"흑설을 부탁해요. 취기가 올라오면 한결 쉬워질 거예요."

그리고 그녀는 방을 나섰다.

피월려는 욕지거리를 내뱉으며 그녀를 따라 일어났다.

"이젠 하다하다 기녀까지 날 무시하는군. 당장 거기
안······."

스릉!

차가운 금속 소리가 울리며 예화의 머리가 깨끗하게 잘려
나가며 아래로 떨어졌다.

피월려의 정신은 거기서 멈췄다.

직선으로 뿌려지는 한 가닥의 핏줄기.

공포로 어우러진 경악한 얼굴.

죽음을 믿지 못하는 놀란 눈동자.

피월려는 자기도 모르게 뒷걸음질을 쳤다. 그는 본능적으
로 그의 팔을 움직여 쌍검을 뽑아 들고 정리되지 않는 이 상
황을 파악하려고 눈동자를 쉴 틈 없이 굴렸다.

그런 그의 발에 뭔가 걸린다.

피월려는 쌍검을 치켜세운 상태로 아래를 내려다보니 흑설
이 그의 오른쪽 발에 매달린 상태로 그를 올려다보는 것이 보
였다.

두 개의 큰 눈망울이 물끄러미 그를 바라보는데, 무섭도록
부요성한 얼굴이나.

피월려는 재빠르게 칼등으로 흑설의 뒷목을 빠르게 쳤고,
흑설은 즉시 쿵 하고 방바닥에 쓰러졌다.

예화의 목 없는 시체 뒤에서 복면한 사내들이 차례대로 방

안에 들어오며 피월려를 에워쌌다. 그들의 중심으로 키가 작고 머리숱이 없는 한 노인이 나타났다.

그 노인은 뜬금없이 손뼉을 쳤다.

"차가운 밤이군. 그렇지 않나? 겨울이 다 온 것 같네."

예화의 머리가 데굴데굴 굴러 쓰러진 흑설의 몸에 부딪쳤다. 피월려는 뱃속이 매슥거리는 것을 참으려 애썼다.

"이런 기막힌 걸 준비했을 줄 몰랐소. 금 한 냥이 좀 부족했나 보오?"

"하! 과연 배짱이 두둑하구나. 이 상황에 농을 하다니 말이야."

"실력도 꽤 쓸 만하다오."

으드득!

노인이 이를 갈았다.

"그거야 무영비주가 실패했을 때 알아봤지! 후레자식 같으니라고."

노인은 죽은 예화에게 다가가 무릎을 꿇고 앉았다. 목의 단면을 이리저리 살피는 것이 마치 부검이라도 하는 듯했다.

피월려가 말했다.

"이 여인에게 볼일이 있다면 난 이만 가봐야겠소. 그 여인은……."

노인이 쇳소리를 내며 말을 잘랐다.

"상식적으로 물어보지. 왜 여기로 도망쳤지? 강가에서 그런 일이 있었으면 당연히 물을 타고 내려오는 게 정상 아닌가? 만약 한번 대가리를 굴렸다면 위로 올라가야지. 미쳤다고 낙양의 음지인 이곳으로 오나?"

"……."

"게다가 이름을 밝혀? 내가 하류와 상류에 투입한 인원이 몇 명인지 알아? 이 늙은 머리를 지근거리도록 굴러가며 계획을 짜고 수십 번을 확인했어. 돈은 또 얼마나 들었고. 순순히 제 이름을 까발릴 거면 그냥 잡히던가. 그 노력이 죄다 수포로 돌아갔군. 아주 기분이 더러워."

"사실 난 술과 여자가 필요했을 뿐이오. 그래서 이곳에 온 것이고. 딱히 살수를 피해서 온 것은 아닌데, 들어보니 나를 위해서 많은 것을 준비하신 듯하오."

"이 늙은 몸이 그런 정성을 들였는데 한 번쯤 시도는 해봐야 하는 거 아닌가?"

"그런 정성이 나를 기다리는지는 꿈에도 몰랐던지라."

퍽!

노인은 주먹으로 득 없는 예화의 시체를 때렸다.

퍽! 퍽!

살점과 피가 사방으로 튀기 시작했다.

"애! 초! 에! 사귀(四鬼)나 용조(龍爪)에게서 어떻게 벗어난 거냐? 그것부터 시부렁거려 봐라."

"사귀? 용조? 그들이 강가에서 나를 공격했던 이들이오?"

"낙양에서는 그래도 알아주는 연놈들이지. 사귀는 몰라도 용조까지 실패했다 해서 내가 얼마나 급하게……. 이런 제기랄."

노인은 다시 시체를 소 돼지마냥 때렸다. 그것도 모자라 마치 시간(屍姦)이라도 하듯, 옷속에 손을 넣고 주물럭거리기도 했다.

피월려는 미동도 하지 않고 그 모습을 바라보았다.

도발이다.

도발이다.

넘어가지 마라.

넘어가지 마라.

피월려의 뇌 속에는 이성과 감정이 전쟁을 벌이고 있었다.

그는 심호흡했다.

도발에는 도발이 최선이다.

"별것 없었소만. 그냥 조금 검을 놀렸더니 지레 도망갔소."

노인은 손을 멈추고는 피월려에게 고개를 돌렸다.

"너, 내가 누군지 아나?"

"모르오."

"몰라?"

노인은 자리에서 일어났다. 피월려는 심상치 않은 기운을 느끼며 물었다.

"모르오. 누구요, 노인장은? 그리고 왜 나를 죽이려 하는 것이오?"

노인은 코웃음을 쳤다.

"하! 이 정도 안목도 없는 아이가 사귀를 죽였다고? 젊은 놈이 아주 가관이야. 귓구멍 뚫어놓고 잘 들어라. 네놈이 감히 목이 붙은 채로 대화하고 계시는 본좌는 바로 하남의 모든 암살을 주관하는 분이시다."

피월려는 가슴이 덜컥 떨어지는 듯한 참담한 감정까지는 숨겼지만, 입 밖으로 슬그머니 흘러나오는 말은 막을 수 없었다.

"살막(殺幕)… 잠사(潛使)……."

무림대통일은 아직 단 한 번도 이뤄진 적이 없다.

그러나 예로부터 하나의 집단이 절대 지배하는 세계가 있으니, 바로 살수계(殺手界)다. 살막이 그 세계를 언제 어떻게 통일했는지는 아무도 알지 못하나, 현재에 와서 살인으로 먹고 사는 무림방파, 즉 살문(殺門)은 살막에 속하기를 거부할 경우 그 즉시 척살의 대상이 되어 이유를 불문하고 죽인다.

전 중원에 퍼진 살막은 각 성마다 통솔하는 인물을 세우는 데 이를 잠사(潛使)라 칭했다. 즉, 그 노인은 하남성의 모든 살수의 수장이라는 뜻이다.

물론 암묵적으로 여러 큰 방파나 가문에서 살수를 전문적으로 양성하기도 한다. 예를 들면, 초류선이나 주하도 천마신교의 살수로 산다. 살막은 그러한 것까지는 관여하지 않는다. 그들은 오직 살수들이 하나의 방파를 만들어 청부 살인으로 연명하는 살문을 대상으로 한다.

피월려는 살막의 존재에 대해서 귀가 아프게 들어왔다. 문파에 속하지 않는 무림인 다수가 사실 가장 두려워하는 것이 바로 살수이기 때문이다. 아군이 뒤를 봐줄 수 없는 독불장군들은 반드시 약해질 수밖에 없는 시기가 오게 마련이고, 그때에는 살수에게 속수무책으로 당할 수밖에 없다.

살막의 잠사가 찾아왔다면 이번 일은 살막의 일. 즉, 암살이다.

"나를 죽이려고 누군가 의뢰한 것이오?"

하남성의 잠사는 피월려를 빤히 보다가 입꼬리를 말며 코웃음 쳤다.

"개도 웃을 연기질이군. 그 뱃사공을 모른다고 하지는 않겠지?"

역시 그렇다.

피월려는 침음을 삼켰고, 잠사는 말을 이었다.

"그나저나 왜 의뢰인인 그 뱃사공이 스스로 암살에 참여한

줄 아나?"

피월려는 그 질문에 벙어리처럼 답을 하지 못했다. 아니, 애초에 그런 생각을 떠올리지도 못한 자신의 지혜가 안타깝게만 느껴졌다. 평소라면 분명히 생각해 보았을 문제, 오늘은 확실히 이상하게 뇌가 말썽이다.

"왜 그런 것이오?"

"네놈의 시체를 꼭 보고 싶다더군. 최소한 얼굴이라도 보고 싶어 했어. 뭐, 자신의 모든 것인 아들이 죽었으니 그 정도 정성은 봐줄 만하지 않은가?"

"……"

"어쨌든 내가 이런 시시콜콜한 이야기를 꺼낸 건 그 노인이 했던 말이 결국 사실로 판명 났다는 것이야. 자기 목숨조차 버렸으니 그의 말이 얼마나 신의가 있겠는가?"

"그의 말이 무엇이었는데 그러시오?"

잠사는 뒷짐을 지며 가래를 딱 뱉었다.

"끝까지 연기질이구나. 뭐, 말하기 싫으면 말하지 마. 살막의 고문 수준은 나름 쓸 만하니 기대해도 좋을 것이야."

"노대체 무엇을 말씀하시는 것이오? 확실하게 밀씀하시오."

잠사는 비릿한 미소를 띠고는 주위에서 살기를 담고 피월려를 포위하는 이들을 훑어보았다. 하나하나 찬찬히 바라본 뒤 잠사의 눈동자는 피월려에게서 멈췄다.

"오냐, 말하지. 황룡환세검공을 내놔라."

피월려는 전혀 예상하지 못한 잠사의 말에 자신의 귀를 의심하지 않을 수 없었다.

황룡환세검공.

피월려는 그 무공을 누구보다 잘 알고 있다. 바로 절벽에서 떨어져 죽은 전 황룡검주 진파진의 무시무시한 검공이기 때문이다. 환상과 같던 검기와 검강의 향연. 누구보다도 가까이서 그것을 목격한 피월려는 그 절세신공을 잊을 수 없는 것이 당연했다.

그런데 그것을 달라니.

"당최 무슨 말을 하는 것이오? 황룡환세검공을 왜 나에게……."

잠사는 말을 잘랐다.

"지겹군. 입만 살아 있으면 되니, 사지를 잘라 버려."

순간적으로 잠사의 명령이 떨어지자, 그곳에서 가장 먼저 반응한 사람은 다름 아닌 피월려였다.

포위된 상황에서는 기습이 아니고서야 벗어날 방도가 없기 때문에 누구도 생각하지 못하는 미묘한 순간에 움직여야 한다. 그 순간은 바로 포위한 복면인들이 공격하려는 찰나 바로 직전이다.

피월려는 그대로 도약하여 쌍검을 앞으로 내지르며 잠사를 공격했다. 그의 두 발이 바닥에 닿고 떨어질 때쯤 복면인들의 검도 움직이기 시작했다.

온몸을 쪼여오는 수십 개의 예기가 피월려의 피부 위를 헤엄친다. 그는 모든 감각이 알리는 위험 신호를 무시하고 방어를 완전히 배제한 상태에서 단순히 동귀어진의 수법으로 잠사에게 다가갔다.

잠사는 슬그머니 뒤로 물러났는데, 앞뒤로 잔상이 엷게 생기면서 순간적으로 거리 감각을 마비시키는 놀라운 보법이었다. 살문의 인물답게, 보법을 펼치는 모습이 마치 귀신을 연상시켰다.

피월려는 확신이 들었다. 이대로 가다가는 역으로 당할 수밖에 없다는 것을.

그는 쌍검으로 바닥을 찍음과 동시에 왼발에 모든 무게를 실었다.

창문까지의 거리는 삼 장.

쿵!

묵직한 소리와 함께 방 안이 울렸고, 피월려는 전신의 힘을 다해 허리를 비틀며 방향을 정반대로 틀었다. 그러고는 다시 다리에 힘을 주어 도약했다.

몸이 붕 뜸과 동시에 피월려는 역수로 쌍검을 다시 잡았다.

머리 다섯, 목 둘, 심장 셋, 단전 둘.

정지된 시간 속에 피월려의 용안이 모든 복면인의 움직임을 포착했다.

　도합 열둘의 검을 모두 피하거나 막아낼 수는 없었다. 그러나 쌍검을 이용하여 그 검로를 약간씩 변형하는 것은 가능했다. 그리고 다행히도 피월려의 역발상적인 움직임을 복면인들도 예상하지 못했는지 검끝의 미세한 허점들이 보였다. 급하게 검로를 바꾸려 한 결과이다.

　용안은 단 하나도 놓치지 않았다.

　열둘의 검이 그리는 열둘의 선.

　그리고 그 위로 흐르는 열둘의 검.

　피월려는 눈을 감았다.

　곧 검디검은 암흑 속에서 붉은 선이 차례대로 보이기 시작했다.

　두 개의 선.

　쉬이익!

　피월려는 몸을 오른쪽으로 비틀었고, 하나의 검이 그의 코끝으로, 또 다른 검이 그의 뒷머리로 지나갔다.

　그의 좌검은 부드럽게 한 바퀴를 돌아 앞으로 왔고, 그의 우검은 뒤쪽에 자리 잡았다.

　네 개의 선.

　피월려는 고개를 위로 젖히며 허리를 푹 숙였고, 하나의 검이 그의 턱 위로 지나가며 또 다른 검이 그의 허리 위로 지나갔다. 그러나 나머지 두 개의 검 중 하나는 그의 얼굴을 정면으로 찔러 들어왔고, 다른 곳은 위에서 아래로 일직선으로 그의 허리를 공격했다.

채— 앵! 챙!

도저히 피할 수 없는 그 순간, 쌍검의 두 끝이 정확히 그 두 개의 검로 중심에 도달하여 그것을 완전히 뒤흔들었다. 우검은 머리를 향하던 검을 전갈같이 찍어 누르며 땅에 박히게 만들었고, 좌검은 반대로 하늘로 솟아올라 허리를 두 동강 내려는 검과 충돌했다.

피월려는 검을 놓았다. 그리고 몸에 쌓인 모든 회전력을 오른발에 실어 왼편으로 반월형을 그리며 찼다.

"크학!"

그의 뒤꿈치가 정확히 한 사내의 턱을 가격했다. 두세 개의 이가 빠져 피와 함께 공중 위로 날아갔고, 피월려는 중심의 축이 되던 왼쪽 다리의 무릎을 꿇으면서 발을 뒤쪽으로 빼내었다.

작은 구덩이에 빠진 듯 피월려의 신형이 아래로 쑥 내려갔고, 그 위로 두 개의 검이 쏜살같이 지나갔다.

피월려는 떨어지는 쌍검을 양손으로 부여잡았다.

창문까지 이 장.

쌍검은 다시 바닥에 박혀 들어갔고, 피월려는 박힌 검에 힘을 실어 몸을 밀었다. 무릎과 바닥에 마찰을 일으키며 그의 몸이 부드럽게 움직였다.

두 개의 선.

팍! 팍!

피월려를 공격하던 복면인들의 두 검이 그가 지나간 바닥에 연속적으로 박혀 들어갔다.

한 개의 선.

피월려는 허리를 다시금 숙였고, 그의 위로 한 개의 검이 지나갔다.

피월려는 손목을 앞쪽으로 튕기며 검을 놓았다.

"크아악!"

빙글빙글 돌아가며 수직으로 상승하는 두 쌍검의 날카로운 검날에 마지막으로 섣불리 공격한 복면인의 목젖이 베이고 눈이 찢어졌다.

피월려는 정권을 쥐고 그의 뒷목에 있는 사혈, 옥침혈(玉枕穴)을 후려쳤다.

복면인은 비명조차 지르지 못하고 그대로 절명했다.

"……"

"……"

달빛이 창문으로 들어와 피월려의 몸을 은은하게 감싸 안았다.

방 안 온도는 더할 나위 없이 싸늘해졌고, 복면인 중 아무도 움직이는 이가 없었다.

피월려는 느긋하게 쌍검을 다시 집었다.

창문까지 일 장.

얼핏 보이는 창문의 달빛이 좌우로 흔들거렸다. 근육이 이완되어 나른한 기분이 올라왔다. 머리의 고통은 점차 마비가 되고, 정신은 오염되어 흙탕물과 같이 흐려졌다.

"큭, 크흐흐……."

노주의 취기가 절정에 달하고 있다. 정신력은 약해져만 가고, 그의 무의식에 숨어 있던 극양혈마공의 향기가 스멀스멀 피어올라 오기 시작한다.

"괜찮군."

피월려의 얼굴에 인간의 것이 아닌 미소가 감돌았다. 달빛에 비치는 그의 표정을 본 모든 복면인은 그 미소에서 살기 이상의 것을 느꼈다.

피월려는 갑자기 몸을 홱 돌려 창문으로 걸어가기 시작했다. 이대로라면 그냥 나가 버릴 텐데 복면인들은 이상하게 다리를 움직일 수 없었다.

"사지를 자르라니까!"

잠사의 고함이 울려서야 복면인들은 서로 눈치를 보며 다

같이 피월려를 공격했다.

피월려는 다음 한 발을 내딛기도 전에 다시 몸을 반 바퀴 돌렸다. 그의 얼굴에는 더욱 진한 미소가 번져 있었다.

가장 앞에 있던 한 복면인의 눈동자에 두려움이 피어났다.

복면을 썼다는 것 자체로도 이미 신분을 숨기겠다는 뜻이다. 즉, 어떠한 상황에서도 목소리를 내면 안 되는 것이다. 그러나 처음으로 복면인의 입에서 말다운 말이 나왔다.

"귀소(鬼笑)……."

아쉽게도 그의 목은 즉시 잘렸고, 그 말은 영원히 이어지지 못했다.

피월려의 검이 또 하나의 생명을 취한 순간에 그의 신체는 이미 바닥을 한 바퀴 구른 후 일어나고 있었다.

그는 남은 좌검으로 왼쪽 복면인의 얼굴을 무작정 벰과 동시에 오른손으로 오른쪽 복면인의 뒷목을 비틀어 잡았다.

"크아악!"

"컥!"

좌검은 얼굴뼈를 도려내었고, 피월려의 우수(右手)는 목뼈를 부서뜨렸다.

어둠 속에서 움직이는 사신의 그림자는 살수들이 오래전에 잊어버렸던 인간의 공포를 일깨웠다.

한 복면인의 검은 그의 몸에 닿기도 전에 스스로 멈췄다.

피월려의 눈을 정면으로 마주 본 탓이다.

끝이 조금 올라간 눈웃음은 살기를 담고 있지 않았다.

그 속에 담긴 것은 놀랍게도 장난기였다.

피슈웃!

복면인은 피월려의 눈빛에 잠시 잠깐 움찔했을 뿐인데, 그의 가슴에서 피분수가 뿜어졌다. 피월려가 우검을 다시 집어들면서 그 복면인의 가슴에 깃발처럼 꽂아 넣은 것이다. 복면인은 입에서 피를 토하며 허물어졌다.

피월려는 거기서 멈추지 않고 온 힘을 다해 밀며 뒤에 있는 복면인에게까지도 검을 찔러 넣었다. 그것은 인간의 힘을 초월한 근력이 아니고선 불가능한 힘이었다.

찌이익!

창문이 찢어지며 월루의 삼 층에서 세 남자가 떨어졌다.

낙하를 하는 동안 피월려는 자세를 움츠리고 양쪽 남자의 옷깃을 잡아매어 중심으로 모았다.

퍼퍽!

등으로 떨어진 두 복면인의 머리는 보호되지 못하여 땅에 뇌수를 철철 흘렸고, 그 둘 위에서 충격을 어느 정도 흡수하며 앞구르기로 낙하한 피월려는 아무런 피해도 입지 않았다.

그는 양 검을 들고 있는 자신의 양팔을 내려다보며 감탄했다.

"한 손으로 뼈를 베고, 맨손으로 뼈를 부수다니……."

피월려는 심장에 손을 대보았다.

쿵쾅! 쿵쾅!

근육의 움직임이 육안으로 보일 정도로 강하게 뛰고 있었다.

감탄은 나중이다.

그는 눈앞에 보이는 무성한 숲으로 우선 달렸다.

"다, 당장! 저 개자식을 잡아들여! 어서!"

뒤쪽으로 멀어지는 고함에 피월려의 발걸음은 가벼워지기만 했다.

제십장(第十章)

가볍다.

몸이 이리도 가벼울 수가 없다. 거꾸로 흐르는 듯한 혈류는 그에게 무한한 힘을 부여했다. 피월려는 경공을 익힌 다른 무림인들의 기분을 마음껏 만끽했다. 지금까지 내공이 없는 나날에서 절대로 느끼지 못했던 쾌감이 전율을 불러일으켰다.

수년의 내공을 연마해야 얻는 힘을 지금 사용하고 있었다.

피월려는 광소했다.

"크핫핫핫!"

그의 목소리는 평소보다 음침하고 낮았으며 광기가 더러 섞여 있었다.

눈에 보이는 땅을 아무렇게나 박차고 날아다니는 그는 지금 쫓기고 있다는 상황을 잊어버렸다. 길 위의 발자국은 거칠었고 나뭇가지들은 한 방향으로 부러졌다. 이대로라면 추적당하기 십상이나 피월려는 아랑곳하지 않았다.

"오면 모두 죽여 버리지. 크흐흐……."

마가 지배하는 정신 속에 그의 용안은 속 깊이 가라앉았다.

그런 그에게 육안으로는 절대 확인할 수 없는 무영사가 보이기는커녕 느낄 수 있을 리조차 만무했다.

피월려가 갑자기 균형을 잃어버리더니 그 자리에서 넘어졌다.

휘리리릭!

공기를 찢는 속도로 두 무영비가 피월려를 감아 올라갔고, 무영비에 연결된 무영사가 거미줄에 묶인 하루살이처럼 피월려의 신형을 옥죄었다.

피월려는 몸이 묶인 상태라 구르지도 못하고 그대로 땅에 곤두박질쳤다. 그의 옷이 타들어갈 정도의 마찰이 일어났다. 그가 전신에 흙먼지를 뒤집어쓰며 멈췄을 때, 눈앞으로 한 남자의 발이 보였다.

퍽!

목이 꺾였고, 피월려는 의도적이지 않았지만 그 사내를 보게 되었다.

전에 피월려를 객잔에서 암살하려 했던 무영비주가 냉혹한 눈길로 그를 바라보고 있었다. 무영비주는 이리처럼 으르렁거렸다.

"내가 경고했을 텐데. 홀로 되는 순간을 조심하라고."

코피를 줄줄 흘리는 추한 꼴의 피월려가 대답했다.

"큭큭큭……."

퍽!

피월려의 다른 쪽 코에서도 핏물이 흘러나오기 시작했다. 그 일격에 완전히 정신을 잃었다.

"정신을 못 차리는군."

무영비주는 양 손목을 부드럽게 휘저었다. 그러자 피월려의 신형이 바람에 날리는 종이처럼 공중으로 붕 떠올랐다. 무영비주는 피월려의 몰골을 위아래로 훑어보더니 만족한 미소를 지었다.

그는 피월려를 조롱하기 위해서 눈을 반쯤 감고 피월려의 눈높이를 맞췄다. 그리고 막 즐겁게 비꼬려는 찰나, 목까지 올라온 목소리가 다시 속으로 들어가 버렸다.

"……"

피월려의 눈 속에는 진한 붉은색으로 물든 광기 어린 눈동자만이 그를 기다리고 있었다. 무영비주는 전신에 소름이 돋는 것을 느꼈다.

피— 핑.

무영사에서 신경을 날카롭게 하는 팽팽한 소리가 울렸다. 피월려의 몸에서 기이한 기류가 은은하게 뿜어지면서 무영사에 담긴 내력을 벗겨냈기 때문이다.

얇디얇은 무영사는 내력이 없다면 단순한 실보다 약하다. 내력이 순간적으로 끊긴 무영사는 그저 눈에 보이지 않는 가는 실이 되었고, 느슨해진 실은 피월려의 몸을 지탱하지 못했다.

털썩!

무릎을 꿇듯 땅에 떨어진 피월려의 입에서 음산한 목소리가 흘러나왔다.

"역혈(逆血)……. 역혈……."

흔들리는 눈동자로 그 모습을 지켜보던 무영비주는 재빨리 무영사를 피월려의 몸에서 풀어냈다. 이대로는 끊어질 가능성이 농후했기 때문이다.

그리곤 빠른 보법으로 삼 장 이상 거리를 벌리며 중얼거렸다.

"마성(魔性)에 젖은 것인가?"

인간이 본래 가지는 마에 대한 두려움은 아무리 고수라 할지라도 어찌할 수 있는 것이 아니다.

무영비주는 마음의 중심에서부터 은은하게 퍼지는 두려움을 느끼면서 헛웃음을 흘렸다. 사실 무영비주 정도 되는 무림인에게는 두려움 또한 하나의 자극일 뿐이다.

괴물은 피하는 것이 상책이다.

괴물과 싸워 이기고 싶다.

무영비주의 머릿속에서 인간의 본능과 무인의 본능이 치열하게 싸웠다.

그사이 피월려의 눈은 핏발이 섰고, 그의 머리와 옷깃이 몸 주위의 기운에 의해서 바람에 펄럭이듯 휘날리기 시작했다.

"역혈! 역혈! 역혈! 역혈! 역혈! 역혈! 역혈! 역혈!"

"……."

피월려의 입에서 역혈이라는 말이 하나씩 나올 때마다 무영비주의 얼굴에서 웃음기가 점점 사라졌다.

"역혈! 역혈! 역혈! 역혈! 역혈! 역혈! 역혈! 역혈! 역혈! 역혈!
역혈! 역혈! 역혈! 역혈! 역혈! 역혈! 역혈! 역혈! 역혈! 역혈!"

"……."

이젠 눈빛이 달라지기 시작했다.

"역혈! 역혈! 역혈! 역혈! 역혈! 역혈! 역혈! 역혈! 역혈! 역혈!
역혈! 역혈! 역혈! 역혈! 역혈! 역혈! 역혈! 역혈! 역혈! 역혈! 역
혈! 역혈! 역혈! 역혈! 역혈! 역혈! 역혈! 역혈! 역혈! 역혈! 역혈!

역혈! 역혈! 역혈! 역혈! 역혈! 역혈! 역혈! 역혈! 역혈! 역혈!"

"젠장."

솔직히 도망가지 않은 것을 후회했다. 무영비주는 숨을 고르며 내력을 갈무리했다.

쌍검을 쓰는 기본 중 하나가 바로 공격이고 하나는 수비로 사용하는 것이다. 두 무영비를 사용하는 무영비도술에도 이 기본이 바탕이 되어 있었다.

가장 불리한 상황에서 무영비 하나는 완전한 수비로 사용되는데, 바로 도주용으로 쓰인다. 무영비주는 주변 상황을 빠르게 훑고는 무영비 하나를 쏘아 보내 이곳저곳 나뭇가지에 그물처럼 도주로를 만들었다. 이로써 여차하면 무영사의 탄력으로 신형을 빠르게 움직일 수 있다.

그리고 자신의 몸에 남은 모든 내력을 끌어올려 남은 다른 무영비에 담아 출수했다.

무영비주의 독문내공인 무영비도기를 무영비에 주입하면, 공기를 꿰뚫는 빠른 속도 때문에 엄청난 소리를 동반하나 인간의 귀로 들을 수 있는 음역을 넘기에 소리가 없는 것처럼 느껴진다.

그러나 인간이 아닌 생물은 얼마든지 감지할 수 있기 때문에 밤의 어둠 아래서 숨을 죽이고 있던 모든 새가 그 파공음을 듣고 놀라 하늘 위로 물감이 번지듯 날아올랐다.

그때 피월려도 그 소리를 들었다. 인간이라면 들을 수 없는 음역대지만, 마에 지배당한 그의 감각은 인간의 범주를 넘어서 있었기 때문이다. 그의 귀는 고막이 터질 정도의 강한 혈압 때문에 매우 예민해져 있었고, 그의 피부는 흔들리는 털 한 올까지도 느꼈다.

가히 무적이라 칭함을 받을 수밖에 없는 놀라운 비도술.

그것을 막기 위해서 피월려는 우검을 집어 던졌다.

채— 앵!

공중에서 두 검이 충돌하였다. 그것으로 무영비가 막혔다. 튕긴 무영비를 회수하는 무영비주가 허탈한 표정을 짓는 사이, 피월려는 마치 다리 하나가 의족인 것처럼 기우뚱기우뚱한 발씩 앞으로 나오며 웃음을 흘렸다.

"흐흐흐."

무영비주의 얼굴에서 핏기가 가셨다.

갑자기 피월려의 신형이 우뚝 멈췄다. 바람이 한번 그들 사이에 불었고, 피월려의 몸이 갑자기 귀신처럼 흐릿해지더니 굉음을 울리면서 무영비주에게 접근했다.

무영비주는 결단코 지금과 같은 두려움을 느껴본 적이 없다. 그의 마음에서 공포가 두 배가 되면 시야의 피월려의 모습은 세 배가 되었다.

그의 머리는 백지처럼 하얗게 변했으나 평생을 수련해 온 무영각이 그의 몸을 움직였다. 부드러운 굴곡과 함께 무영비주의 오른쪽 다리가 피월려의 얼굴을 때렸다.

빠각!

무의식에 펼친 공격이 통할 가능성은 극히 희박하나 피월려는 방어하지 못했다. 엄밀히 말하면 그는 방어하지 않았다. 더 엄밀히 말하면 방어할 생각조차 하지 않았다.

히죽!

목이 돌아간 피월려의 얼굴에 소름 끼치는 미소가 그려졌다.

그 순간, 무영비주는 피월려의 웃는 그 얼굴에서 손 하나가 솟아나는 것을 보았다.

우드득! 우득!

그 손이 무영비주의 목을 틀어쥐었다.

"커어억!"

무영비주는 정신을 잃어버리기 전에 왼손으로 무영사를 다루었고, 그의 몸이 수직으로 빠르게 상승했다. 도주로를 확보해 놓은 것이 천만다행이었다. 그는 그렇게 피월려의 손아귀에서 벗어나 이 장 높이의 굵은 나뭇가지에 안착했다.

손으로 목을 쓸면서 막혀 버린 혈류와 기류를 달래는 찰나.

서걱!

무심코 안심하고 있던 무영비주의 코앞으로 검 하나가 숙하고 지나갔다. 그 뒤로 파편이 튀며 나무줄기가 터졌다. 간이고 심장이고 다 떨어졌고, 기도 안으로 들어가야 할 공기가 폐에 도착하지도 못한 채 다시 나왔다.

몸의 자세를 가누지 못하게 된 무영비주는 다시 무영사를 다루어 다음 나무줄기로 움직였다. 이동하며 그가 슬쩍 뒤를 보았는데, 떨어지는 나뭇가지를 밟고 올라선 피월려가 이미 코앞에 있었다.

시익―!

악마의 미소를 본 순간 무영비주의 머리는 다시 백지가 됐고, 무의식중에 무영각이 또다시 펼쳐졌다. 그러나 땅 위가 아닌 공중이었기에 힘과 속도가 반감되었다.

피월려는 양손으로 덥석 다리를 잡았다.

탁!

그의 손가락이 무영비주의 다리를 파고들었다.

으드득! 우득!

손아귀에서 나온 힘이라곤 믿을 수 없는 그 힘은 그의 다리뼈를 부러뜨리기에 충분했다. 무영비주는 엄청난 고통을 참아내며 서둘러 다른 무영비를 줄수하여 피월려의 머리를 노렸다. 한 장도 안 되는 짧은 거리이니 빗맞힐 리가 없다고 무영비주는 확신했다.

하지만 무영비주는 자기의 눈을 뽑아내 버리고 싶을 정도로 믿을 수 없는 광경을 목격했다.

피월려의 목뼈가 탈골되고 어깨뼈가 솟아나며 마치 거북이처럼 쭉 위로 늘어나더니 무영비를 아주 손쉽게 피해 버린 것이다. 그것도 모자라서 마치 늑대처럼 입을 벌려 무영비주의 오른손을 깨물었다.

와득!

무영비주가 순간적으로 내력을 주입하여 무영사로 손을 감싸지 않았다면 다시는 그 손으로 무영비를 사용할 수 없었을 것이다. 무영비주는 무의식적으로 주먹을 쥐면서 억지로 손을 확 빼냈다. 허리와 어깨까지 돌려가며 모든 힘을 총동원했다. 이대로 씹힌다면 영영 외팔이로 살아야 할 것이 자명했기 때문이다.

"놔! 놔, 이 미친놈아!"

피월려의 이빨과 무영사가 거친 씨름을 했다. 무영사의 보호를 받았음에도 피부가 모두 쓸려 손 전체에서 피가 나기 시작했다. 그런데 그 피가 마찰력을 줄여주며 천우의 기회를 만들었다.

무영비주의 손이 피에 미끄러지며 피월려의 턱을 크게 흔든 것이다. 그리고 그 충격을 피월려의 두개골이 고스란히 받았다.

뇌가 울렸고, 뇌압이 일정하지 못하여 뇌진탕을 일으켰다.

피월려는 눈이 뒤로 넘어가면서 기절했고, 땅으로 곤두박질쳤다.

"하아… 하아……. 하아……."

무영비주는 한동안 움직이지 않고 그 나뭇가지 위에서 숨을 고르며 피월려를 뚫어져라 바라보았다. 피월려의 몸은 간질에 걸린 것처럼 격렬하게 움직이더니 곧 잦아들었다.

혀를 내두르고 질렸다는 표정을 한 무영비주가 한마디 내뱉었다.

"끔찍하군."

그 후 충분히 휴식을 취한 무영비주는 무영사로 피월려를 칭칭 감아 손가락 하나도 움직이지 못하게 구속했다. 그러고는 그의 몸을 어깨에 걸치고 보법을 전개하기 시작했다.

그는 북서쪽으로 향했고, 낙하강을 만났다. 준비된 배를 타고 건넜으며, 그 뒤에는 북쪽으로 달렸다.

족히 두 시진은 지났을 즈음, 무영비주는 내력의 고갈을 느껴 보법을 거두었다. 그러나 걷는 것은 멈추지 않았다.

도중에 깨어났지만 내색하지 않던 피월려가 처음으로 말했다. 그의 목소리는 갈라지고 미약했다.

"죽이지 않았군. 점혈도 하지 않았고. 순수하게 궁금해서 묻는 건데, 왜 점혈을 하지 않았지?"

무영비주는 코웃음을 쳤다.

"역혈지체에게 점혈을 하라고? 혈도라는 것이 존재하는지도 의문이군. 언젠가 한번 연구해 봐야겠어."

"좀 쉬고 싶어."

무영비주는 자리에서 멈췄다. 피월려의 목소리가 심상치 않았기 때문이다. 피월려의 손목을 진맥하던 무영비주의 눈이 보름달만큼 커졌다.

"죽기 일보 직전이라고 해도 믿겠군."

"그 정도인가?"

"어떻게 된 거지? 마인 중 마인이 따로 없었는데 말이지."

"마공의 부작용이겠지."

피월려의 목소리에는 자신이 없었다.

무영비주는 눈살을 찌푸리더니 피월려의 몸을 포박한 무영사를 회수했다.

피월려는 지푸라기처럼 풀썩 주저앉았다.

그 모습에도 무영비주는 경각심을 늦추지 않았지만, 그는 본능적으로 피월려의 눈빛에서 그의 의지가 모두 사라진 것을 느꼈다.

"젠장!"

무영비주는 땅을 두세 번 치더니 다시 말했다.

"부탁이니 제발 대답해라. 첫째, 그 고양이 가면 쓴 놈도 천마신교의 인물인가? 둘째, 천마신교의 인물 중 하나가 북쪽에

서 가져온 게 뭐냐? 그걸 왜 사천당문에게 주려 하지? 셋째,
황룡환세검공이 어디 있는 거냐? 이봐, 대답해 보라고!"

피월려는 허무한 눈빛으로 하늘을 올려다보며 대답을 하는
대신 되레 질문했다.

"날 죽이지 않는 이유가 정보를 캐내기 위함이었던가? 뭐
야? 살막이랑 같이 움직이는 거 아니었나?"

"대답이나 해."

"······."

"말해! 넌 어차피 죽는다!"

"······."

무영비주는 머리끝까지 화가 났다. 살막에게는 이미 실패
보고를 끝낸 상황에서 목표를 빼돌렸으니, 이미 엎질러진 물
과 같다. 살막과의 관계가 틀어질 수 있음에도 이 일을 하였
다. 그러니 다른 정보는 몰라도 황룡환세검공은 무조건 얻어
야 한다. 애초에 그것이 살막을 배신하게 된 계기이니 말이다.

무영비주는 살기를 품으며 무영비를 양손에 쥐었다. 날카롭
기 그지없는 무영비는 근육과 살점을 하나하나 분리하는 데
도 매우 탁월하여 고문 도구로도 실용적이다.

그가 뭐라 하기 전, 피월려가 먼저 질문했다.

"그런데 왜 다들 나한테서 황룡환세검공을 찾는 거지?"

나지막한 그 목소리에 무영비주는 손을 멈추었다.

갈라진 눈초리로 피월려를 주시하던 무영비주는 그의 말에 어떤 다른 의도가 숨겨져 있을지 생각해 보았다.

과연 이런 뜬금없는 말로 무슨 이득을 얻을 수 있을까? 피월려는 정말 황룡환세검공의 위치를 모르는 것인가?

고심한 무영비주는 무영비를 거두었다.

"설마 이 정보가 거짓일 줄은 몰랐군. 살막에서는 네가 가지고 있다고 믿고 있어."

"어째서지?"

"길지만… 미쳐 버린 황룡검주가 황룡무가의 인물 수십을 도륙하고 북동쪽 계곡에서 투신자살하기 전에 그의 무공은 은밀히 한 인물에게 남겨졌지. 진설린의 호위무사인 황보영이란 자야. 당연히 자신이 대를 이을 줄 알았던 대공자는 이 사실을 알아내고 시기하여 그를 죽이려 했으나 황보영은 이미 자신의 여동생과 함께 죽은 뒤였지. 따라서 환룡환세검공은 그 흉수가 노리고 가져간 게 틀림없어. 지금까지는 밝혀지지 않았기에 하남성 전체가 황룡환세검공을 찾고자 피비린내가 끊이지 않는 아수라장이 되었지. 하지만 한 노인이 암살을 의뢰하면서 상황이 반전되었어."

피월려는 그가 하는 말 중 여러 부분이 거짓이라는 것을 잘 알고 있다. 예를 들면, 진파진은 자살한 것이 아니었고, 대공자 진설혼은 그전에 이미 사망했다.

천마신교 마조대의 정보 조작 능력은 타의 추종을 허락하지 않는다.

피월려는 이제야 이번 사건에 대해서 세간의 시선이 어떤 것인지 인지할 수 있었다. 그는 무영비주의 말을 듣고는 중얼거리듯 미약하게 대답했다.

"그 늙은 뱃사공이군."

무영비주는 고개를 끄덕였다.

"살문에서도 처음에는 그저 그런 아버지의 복수인 줄 알았다. 하오문에서 그 노인이 황보영의 아버지라고 알려오기 전까지는."

황룡환세검공을 가지고 있을 만한 인물이 죽었고, 그 아버지가 누군가의 암살 의뢰를 청했다. 그러니, 암살의 대상은 환룡환세검공을 훔치려고 아들을 죽인 범인이 되는 것이다.

즉, 피월려는 흉수로 낙인이 찍혔고, 곧 그가 황룡환세검공의 주인이 된다.

"그래서 오늘 밤 거창하게 준비했군."

무영비주는 허탈한 표정을 지었다.

"근데 그게 거짓이라니… 허망하군, 허망해. 왜 죽는지 주저리주저리 설명했으니 이젠 네가 아는 거라도 말해."

그렇다.

적인 무영비주가 주저리주저리 설명한 이유는 바로 피월려가 어차피 죽을 것이라는 확신이 있기 때문이다.

살수가 죽음에 대해서 확신하다면 더 이상 얼마나 더 확실하겠는가. 그것을 깨달은 피월려는 깊은 숨을 들이마셨다.

그는 곧 생각나는 대로 지껄였다. 조금이라도 누군가와 대화하고 싶었다. 그것이 설령 적이라 할지라도.

"그 고양이 가면의 사내는 본 교의 인물이 맞다. 신물주라고 불리지. 그 외는 잘 모른다. 그리고 호사일이 가져온 건 북해빙궁의 빙정이지. 사천당문과의 관계는 잘 모르고."

"황룡환세검공은?"

"본 교가 가지고 있을 것이다."

무영비주의 눈썹이 꿈틀거렸다. 그는 곧 자리에서 일어났다.

피월려는 그의 모습을 곁눈질로밖에 볼 수 없었다. 이미 목까지 마비되어 움직일 수 없었기 때문이다.

피월려는 그 짧은 시간 수십 번을 고민했다. 하지만 결국 참지 못하고 조용히 읊조렸다.

"의, 의원을 불러주겠나?"

순간 정적이 흘렀고, 무영비주의 발걸음이 멈췄다.

"외상과 내상의 문제가 아니라 마기와 정신의 문제이니 의원들도 치료하지 못한다. 넌 오늘 죽어."

"……."

입술을 파르르 떠는 피월려의 핏빛 선 눈에서 뜨거운 눈물이 한 방울 흘러내렸다. 무영비주는 헛웃음을 짓더니 광소했다.

"크하하! 겉으로는 온갖 어른인 척 다 하더니 네놈도 결국 약관을 갓 넘긴 애송이구나. 이 몸은 그리 시간이 없다. 죽음을 항상 끼고 사는 무림인이니 여간 수치스럽게 죽어라."

무영비주는 조금도 지체하지 않고 몸을 돌렸다.

피월려는 그렇게 홀로 남겨졌다.

"끅, 껵, 흑, 흐흑……."

죽음의 기운은 그도 많이 맛보았고, 죽음에 대해서 안다고 생각했다. 수백 번의 생사혈전에서 생사를 오가며 자신은 더는 죽음을 두려워하지 않는다고 생각했다.

그런데 착각인가 보다.

착각이 아니고서야 무서워할 이유가 없지 않은가.

피월려는 무서웠고, 울었다.

"용을 봤지. 무서웠어. 그리고 주하도 죽고 예화도 죽었어. 그런데도 슬픔은커녕 얼굴도 별로 생각이 안 나. 마에 지배된 쾌락밖에 느끼지 못했지. 미치겠어. 미치겠어. 미안해 미안해. 미안해. 사부님. 사부님……."

달아나고 싶어도 몸의 모든 근육이 말을 듣지 않는다. 심지어 눈꺼풀조차 움직이지 않아 시야가 먼지에 의해서 흐려지고 있었다. 감당할 수 없는 크기의 공포는 피월려의 마음을 깨뜨렸고, 그의 입에서는 짐승의 울부짖음과 같은 괴성이 흘러나왔다.

오늘 밤은 꿈이 확실했다.

이런 비현실적인 것을 믿을까 보냐.

"크흐흐, 흐흐흑."

우습다.

너무나 우습지 않은가?

그러고 보면 지금까지 생사를 넘나들며 싸운 것이 아니다. 피월려는 여느 무림인과 다르게 엄연히 생사의 경계를 정확하게 볼 수 있는 용안이 있었다. 남들은 죽음의 공포에 시달리며 운에 목숨을 맡기며 하루하루를 버티지만, 용안의 정확한 계산력으로 죽음의 문턱에 가까이 갔으나 무조건 살아남는 생의 영역을 한 번도 벗어난 적이 없다.

남들이 아슬아슬하다 할 때, 그의 용안은 안전하다는 확신을 주었다.

흐릿한 안개 속의 절벽 위를 노심초사하며 걸었던 것이 아니라, 맑은 날에 한 치의 오차도 없는 눈으로 모조리 훑어보며 아무 거침없는 걸음을 내딛고 살았던 것이다.

그러니 죽음을 깨달을 수 없었던 것이다.

그는 이제야 진정으로 죽음이 무엇인지 알 것 같았다.

죽음은 무서운 것이다.

'스승님, 제가 천마신교에 입교하여 마공을 익힌 이유는 강해지기 위한 무림인의 신념이 아닌가 봅니다. 그저 죽는 것이 두려웠나 봅니다.'

뜨거운 눈물이 한 방울 더 떨어졌다.

피월려의 눈꺼풀이 감기며 그는 현실에서 멀어졌다.

* * *

"이 안에 들어가 있어라."

피부의 감각이 없을 정도의 추위.

얼굴을 잠시나마 녹이는 아버지의 입김.

더러운 몰골에 흐르는 핏방울.

흔들리는 눈동자와 굳은 표정.

"아빠……."

춥다. 배고프다. 졸리다.

두꺼운 손이 머리카락을 휘저었다.

"사랑한다."

그렇게 홀로 굴속에 남겨두고 아버지는 떠났다.

무서웠다.

"아버지는 어디 갔어?"

"역시 돌아가셨어요. 며칠 전에."

흑설이 대답했다.

예화의 머리를 양손을 들고서.

그녀가 뻗은 손길로 움직이는 시선.

흰 눈으로 뒤덮인 숲속의 나무.

그 속에서 새하얀 백호는 아버지를 먹었다.

공포는 그의 혀를 마비시켰다.

무섭고 무서웠다.

"마공을 익히는 게 어때? 천마신교에 입교하여 마공을 익히면 네 두려움도 모두 사라질 거야."

예화의 입에서 나지오의 목소리가 울렸다.

피월려는 고개를 돌려 그녀를 마주했다.

"마공을 줘!"

갑자기 예화와 흑설의 눈이 붉게 충혈되며 한목소리로 말했다.

"역혈! 역혈! 역혈!"

피월려는 굴에서 나와 도망갔다.

걷다 보니 똑같은 복도가 반복된다.

복도의 창이 모두 적색으로 물들었다.

"길을 잃었죠?"

주하가 물었다.

당황한 피월려가 되물었다.

"죽지 않았어?"

"아뇨. 안 죽었어요."

"정말?"

주하는 목을 보여주었다.

작은 검상이나 치명적이지는 않았다.

"기절한 거예요."

"아, 다행이네."

"뭐가요?"

"죽지 않아서 다행이라고."

"내가 죽든 죽지 않든 상관하지 않잖아요?"

피월려는 다리가 풀려 그 자리에 주저앉았다.

스승님은 그를 일으켜 세워주었다.

"네 어머니는 어떻게 되고 혼자 여기서 이러고 있느냐?"

"어머니는 저를 먹여 살리려고 기방에서 일하다가 병을 얻어 죽었어요."

"아버지는 없더냐?"

"백호가 먹었어요."

"뭐라?"

"백호가 먹었어요."

"……."

"호랑이를 사냥하는 엽사거든요. 히히히. 근데 먹혔어요. 호랑이 수십을 사냥했으니 호랑이들의 수호신에게 혼쭐이 난 거예요."

"……"

"죽일 거예요. 그 흰 호랑이."

"백호는 영물(靈物)이며 수호신이다. 죽이면 인간이 어찌 그 화를 감당하겠느냐. 네 아비의 복수는 잊어라."

열두 살의 피월려는 단검으로 백호의 목을 베고 그 심장을 씹었다.

"죄송해요. 이미 죽였네요."

"그래, 이젠 무엇을 할 것이냐?"

"몰라요."

"나를 따라와라."

"……"

"용의 힘을 주마. 백호에게서 얻은 네 업보를 감당할 수 있게 해주겠다. 그 대신 조건이 있다."

"뭔데요?"

"내 이름으로 누군가 네게 부탁을 한다면 네 목숨을 걸고서라도 반드시 해내라."

"알았어요. 밥이나 줘요."

주하가 밥상을 내왔다.

피월려는 자리를 권했다.

"안 드시오?"

"……."

"나 혼자 먹기 쓸쓸해서 그런데, 정말 안 드시오?"

"……."

"내 말이 들리지 않소?"

주하가 역으로 물었다.

"왜 나를 버리고 갔습니까?"

피월려는 대답하지 않았다.

주하도 대답하지 않았으니 그도 대답할 필요가 없다.

"왜 나를 버리고 갔습니까?"

피월려는 콧방귀를 뀌었다.

"적어도 내가 죽었는지 살피기는 해야 하지 않습니까?"

피월려는 팔짱을 끼었다.

용은 그를 보고 소름 끼치는 미소를 지었다.

"내가 그리도 무서웠나?"

"무섭지. 평생 보지 못한 거니까."

"하! 백호를 죽인 자가 용을 보고 놀란다! 노내체 백호의 8
의 차이는 무엇이지?"

"……."

용 옆의 소녀가 물었다.

"쟤, 안 죽이는 거야?"

용이 대답했다.

"응. 설마 했는데 용안을 가지고 있어."

"그러면 의뢰는? 어떻게 해?"

"어쩔 수 없지, 뭐. 용안을 가진 이상 또 볼 거야. 그때까지 잘 지내길 빌지."

진설린이 피월려의 옆구리를 툭툭 건드렸다.

"왜 쟤들하고만 이야기해요? 나랑 놀아요."

피월려가 돌아보니 실오라기 하나 걸치지 않은 진설린이 매력이 넘치는 미소를 지으며 그에게 다가왔다.

마주치는 눈빛.

섞이는 몸.

피월려는 그녀와 밤을 지새웠다.

진설린의 무릎에 기댄 피월려가 말했다.

"무릎이 저리나?"

"좀 더 주무세요."

"대답을 하지 않은 것을 보니 저린가 보군."

피월려는 자리에서 일어나 그녀를 마주 보았다.

스릉!

차가운 금속 소리와 함께 진설린의 머리가 깨끗하게 잘려 나가며 아래로 떨어졌다.

금빛의 기운이 넘실거리는 황룡검이 진설혼의 손에 잡혀 있었다.

"내 여동생은 어디 있지?"

"네가 방금 죽였어."

"뭐라고?"

"네가 방금 죽였어! 왜 진설린은 죽인 거야!"

진설혼의 얼굴은 젊은 모습의 황룡검주가 되었다.

"당연히 죽일 만하지. 감히 나를 죽이려 하다니."

"어르신, 그렇다면 왜 진설린은 아버지인 당신을 죽이려 한 것입니까?"

"몰라서 묻는 건가?"

"모릅니다."

"아니, 자네는 알고 있어. 용안의 사고력이라면 그녀의 몸짓, 손짓 하나에 모든 의미를 깨달을 수 있지 않은가?"

목이 잘린 진설린이 피월려를 돌아보며 말했다.

"당신도 내 몸을 원하나요?"

나도?

나도?

나도?

물론이지.

피월려는 잠에서 깼다.

　　　　　*　　　　　*　　　　　*

　콰콰콰콰!

　떨어지는 폭포수 소리는 고막을 울리며 다른 소리를 모두
막았다. 해가 뜨기 직전의 새벽은 어둠과 밝음의 극한의 조화
가 이뤄지며 사람의 마음을 묘하게 하는 기운으로 가득 차 있
었다.

　피월려는 눈을 딱 뜨고도 한동안 자신이 살아 있다는 것을
인지하지 못했다. 시야에 들어온 붉고 푸르고 노랗고 검은 하
늘과 귀를 쩌렁쩌렁하게 울리는 폭포 소리는 그에게서 현실감
을 앗아갔다.

　껌뻑껌뻑 눈을 감았다가 뜨기를 잠시, 그는 곧 비명과도 같
은 괴성을 지르며 자리에서 벌떡 일어났다.

　"으아아악!"

　피월려는 거친 숨소리를 내며 경계심이 가득 담긴 눈빛으
로 사방팔방을 돌아보았다. 맹수의 위험을 감지한 초식동물처
럼, 고개를 내밀고 이리저리 살피던 그는 피부로 느껴지는 강
대한 기류의 진원지에 시선을 고정했다.

　폭포.

　고개를 들고 쳐다봐도 잘 보이지 않을 정도의 높이에서 순

차적으로 거친 돌들에 튕기고 물줄기가 얇게 갈라졌다. 마지막에는 마치 강이 바다를 이루는 것처럼 하나가 되어 매섭게 떨어졌다. 그 모습은 자연의 위대함을 일깨우는 장관임이 틀림없었으나, 피월려의 시선은 폭포에서 조금 벗어나 있었다.

피월려는 폭포의 중심에 있는 한 남자를 보고 있었다. 눈을 감은 채로 가부좌를 틀고 등으로 폭포수를 모두 감당하는 그 남자는 말로 형용할 수 없는 기운을 내뿜고 있었다. 그 기운은 거대한 자연의 일부인 폭포의 것을 상회하고 있었다. 피월려는 실제로 폭포의 기운보다도 그 남자의 기운 때문에 놀란 것이다.

그 남자는 얼굴의 주름살이나 희끗희끗한 머릿결과는 대조적으로 산에서 맹수와 단판 승부를 벌여도 전혀 밀리지 않을 정도의 거대한 체격을 가지고 있었다. 보통 사람의 얼굴만 한 주먹과 여인들의 허리와 견줄 만한 허벅지, 그리고 두 명 정도는 가뿐이 안아버릴 수 있는 넓은 어깨. 한마디로 맹수 같은 사내였다.

피월려는 남자의 모습에서 자신의 모습을 떠올렸다. 이곳은 그가 진설린을 죽이기 전에 심신을 다셨던 그 폭포였기 때문이다. 공교롭게도 지금 남자가 있는 자리가 피월려가 있던 자리인데, 직접 밖에서 보니 왜 서린지가 그런 반응을 보였는지 이해할 수 있을 것 같았다. 폭포를 등진 무인에게서 말로 표현할 수 없는 어떤 풍류가 느껴졌다.

일단 피월려는 자신의 몸 구석구석을 세밀하게 점검했다. 미세한 근육과 혈로의 흐름, 그리고 손가락뼈 하나까지도. 그는 아무런 이상을 찾을 수 없었다. 또한 자신이 쓰던 쌍검이 옆자리에 고스란히 놓여 있다. 분명히 폭포의 남자가 피월려를 구한 것이다.

피월려는 강가로 가 얼굴과 손을 씻고 물을 마셨다. 그 와중에도 폭포의 남자는 미동조차 하지 않았다.

무림인은 수련할 때 무아지경에 빠지기 때문에 밖의 일을 전혀 느낄 수 없는 경우가 허다하다. 그것을 잘 아는 피월려는 겨우 자신의 궁금증을 풀고자 은인의 수련을 방해할 생각이 없었다.

그는 기다리기로 했다.

그런데 가만히 있으니 곧 무인의 천성이 고개를 들었다.

스멀스멀 피어오는 깨달음의 감각.

죽음으로부터 내려진 또 한 번의 가르침.

피월려는 쌍검을 집어 휘두르지 않을 수 없었다.

곧 해가 떠오르고 놀랍도록 뜨거운 햇볕이 폭포의 장관을 달구었다.

피월려가 정신없이 수련하는 사이, 남자가 눈을 뜨고 자리에서 일어났다. 그는 그대로 물속으로 풍덩 몸을 던지더니 이리저리 헤엄치다가 피월려의 앞쪽으로 다가와 몸을 일으켰다. 그 남자의 양손에는 작은 물고기 두 마리가 잡혀 있었는데, 물속에서 헤엄을 치다 물고기를 잡은 것이다.

물소리가 요란했으나 피월려는 무아지경에 빠져 쌍검을 십자로 두 번씩 휘두르는 것 외엔 어떠한 행동도 하지 않았다. 그의 몸은 이미 땀으로 흥건했다.

남자는 물이 뚝뚝 떨어지는 머리를 뒤로 넘기고서 얼이 빠진 표정으로 팔짱을 끼고 피월려의 모습을 지켜보았다.

"참나."

그의 입가로 미묘한 웃음이 자리 잡았다.

얼마나 기다렸을까? 남자는 손에 내력을 집중하여 뜨거운 열기를 동반하는 기류를 뿜어냈다. 그의 손에 있는 두 마리의 물고기가 순식간에 노랗게 익었다.

삼매진화(三昧眞火)의 수법으로, 삼매(三昧), 즉 정신을 집중하여 내력을 집약시켜 불을 만드는 것을 뜻한다. 이것은 기본적으로 양강지공(陽剛之功)이 뒷받침되어야 하고, 강기를 뿜어낼 정도로 내력이 고강하지 않으면 불가능한 고난이도의 기술이다.

그것은 강기 수준으로 주변의 기류를 진동하기 때문에 설사 무아지경에 빠져 있다고 해도 느낄 수 있다. 피월려는 즉시 검을 휘두르는 것을 멈추고 남자를 보았다.

물고기를 한순간에 구워버릴 정도의 뜨거운 열기를 아무렇지도 않게 발산할 정도의 힘이 있는 자, 그는 과연 어느 정도의 고수인가. 피월려가 적지 않게 감탄하는 사이, 남자가 물고기 하나를 던지면서 말했다.

"죽다 살아난 이 상황에서 수련하고 있느냐?"

피월려는 물고기를 받으며 대답했다.

"무아지경에 빠져 계신지라 방해할 수 없어서……"

"빠진 건 네놈이겠지. 이런 미친 무골을 내 생전에 또 보게 될 줄이야."

남자는 터벅터벅 걸어와서는 자신의 옷을 벗어둔 곳으로 갔다. 주섬주섬 무언가를 꺼내더니 생선에 툭툭 털어 넣었다.

"내가 사천 출신이라 민물고기는 도저히 그냥 못 먹는다. 이거 좀 줄까?"

소금이었으면 그도 받겠지만, 사천 출신이라면 무슨 해괴한 조미료가 나올지 종잡을 수 없다.

피월려는 우선 거절했다.

"괜찮습니다."

"뭐, 정 그렇다면."

그 남자는 고개를 들고 큰 입을 벌렸다. 그리고 물고기 한 마리를 머리서부터 꼬리까지 통째로 집어넣고는 와작와작 씹어 먹었다. 가시를 발라먹으려고 분주하게 움직이던 피월려의 손이 머쓱해졌지만 그는 결국 끝까지 노력하여 전부 발라먹었다.

"원, 남자새끼가……."

피월려는 남자의 중얼거림을 애써 무시했다. 남자는 혀를 차더니 넓찍한 돌 위에 대자로 뻗어 누었다. 피월려는 그의 옆쪽에 앉아 예를 갖추었다.

"살려주셔서 감사합니다."

"인사가 참 빠르구나."

"……."

"죽다 살아난 놈은 많이 보았지만, 네놈처럼 바로 수련하는 놈은 처음이다. 네 몸이 걱정되지도 않느냐?"

"몸에서 아무런 이상도 발견하지 못했습니다."

"어이가 없군. 의원에게 치료를 받았다고 해도 바로 수련을 감행하는 머저리는 없어."

"그 정도야 몸의 흐름을 읽어보면 알 수 있지 않습니까? 어디가 정확하게 이상이 있다는 것은 모르지만, 몸의 근골과 혈류를 점검하면 문제가 있고 없고 정도는 파악할 수 있습니다."

"그래서, 네가 말하는 그 점검인지 뭔지 그것으로 네 몸이 완치되었다는 것을 알았다는 것이냐?"

"예."

"뭐 그건 그렇다 치자. 그런데 네 감정에도 문제가 있어."

"무슨 문제가 있습니까?"

피월려는 어렴풋이 기연이라는 놈을 들어 안다. 그가 스승님을 만난 것이 인생의 첫 번째 기연이자 마지막 기연이라 생각했다. 그런데 이번에 만난 이 알 수 없는 고수는 하룻밤도 지나지 않아 마기가 침범하여 죽어가던 몸뚱어리를 새것처럼 만드는 재주가 있는 자다. 또한 삼매진화를 보니, 지고한 경지에 이른 고수가 분명했다.

피월려의 태도가 절로 공손해졌다. 어쩌면 죽음의 문턱에서 얻는 깨달음을 현실로 끌어내릴 수 있는 기연을 만났는지도 모른다.

남자는 피월려의 질문에 한동안 말을 하지 않았다. 피월려는 적어도 반 식경은 초조하게 기다리고 나서야 그의 대답을 들을 수 있었다.

"왜 기뻐하지 않느냐?"

피월려는 순간 누군가 가슴을 망치로 때리는 충격을 받았다.

남자는 고개를 힐끗 돌려 피월려의 안색을 살폈다. 하늘이 무너지는 듯한 충격을 받은 표정이었다. 남자는 대답을 듣기는 글렀다고 생각하는지 바로 말을 이었다.

"나도 수십 번 죽었다가 살아나서 잘 알지. 처음에는 살아났다는 기쁨과 환희를 느끼고, 곧 무인으로서의 수치심과 패배감에 물들고, 그다음에 마음을 다잡고 뼈를 깎는 수련을 하게 되지. 근데 넌 어째 처음 부분을 모두 건너뛰고 바로 수련을 할 수 있느냐?"

"자, 잘 모르겠습니다. 그저 기다리는 중에 할 것이 없기에……."

"네놈은 할 것이 없으면 수련을 한다는 말이더냐?"

피월려는 과거를 생각했고, 그는 언제나 수련을 하고 있었다.

"시간이 남으면 항상 수련하였습니다."

남자가 큰 소리로 웃음을 터뜨렸다.

"으하하! 남들이 다 하는 휴식을 하지 않는 게 아니라 못하는 거군. 가만히 앉아 있지도 서 있지도 못해, 아무것도 할 것이 없으면 불안해 죽을 것 같고. 내 말이 틀리느냐?"

"……"

"크아! 살릴 때부터 심상치 않은 놈이라 생각했다."

단 한순간에 마음이 꽤 뚫렸다.

피월려는 점차 이 고수의 정체가 궁금해지기 시작했다.

"고인은 누구십니까?"

"본좌 말이더냐? 네놈의 안목을 보고 싶구나. 한번 맞혀봐라."

피월려는 침을 꿀떡 삼키고는 지금껏 머리로 추측한 것을 이야기했다.

"우선 제 몸을 치료하면서 제 몸이 역혈지체라는 것을 아셨음에도 살려주셨으니 백도의 인물은 아닌 것 같고, 또한 마기가 침범한 몸을 다시 되돌렸으니 단순히 몸을 치료할 수 있는 의술이 뛰어나다기보다 마기 자체를 온전히 다스릴 수 있는 고강한 마공을 소유하셨을 것이라 짐작됩니다. 그러나 겉으로는 어떠한 마기도 느껴지지 않으니 아마 고강한 마공을 매우 깊은 수준까지 익혔으리라 짐작됩니다. 본 교의 선배님 되십니까?"

"오냐. 잘 맞추었다. 본좌는 가도무라 한다."

피월려는 천마신교의 강한 마두들에 대해서 잘 알지는 못하지만, 고수들의 이름이 적힌 책자를 읽어보기는 했다. 그때 분명 가도무라는 이름을 본 기억이 났으나, 도저히 어느 직책을 가진 사람이었는지는 기억해 내기 어려웠다.

그래도 일단은 예를 갖추었다.

"피월려가 선배님을 뵙습니다."

"피월려? 특이하군. 그게 네 이름이냐?"

"그렇습니다. 그런데 별호가 어떻게 되십니까?"

"천살지장(天殺指掌)."

별호를 들어도 별로 기억에 도움이 되지 않았다. 그런데 별호 속에 있는 '천살'이라는 단어가 의심스러워 그는 조심스럽게 물었다.

"천살이라 하심은… 혹시……?"

그 남자는 아무렇지도 않게 대답했다.

"맞다. 천살성(天殺星)."

피월려는 순간적으로 움찔하려는 표정을 관리하고자 매우 노력해야 했다.

천살성은 하늘이 내린 희대의 살인마라는 뜻으로, 셀 수 없을 정도로 많은 사람을 죽이는 운명을 타고난다. 그들은 선천적으로 사람을 죽이는 데 있어 어떠한 감정도 느끼지 못하며, 어떠한 종류의 양심도 가지고 있지 않아 이타심이 전무하고 생명의 가치에 대해서는 이해하지도, 할 수도 없다.

인간의 껍질을 쓴 냉혈한인 이 악마들은 어떠한 사회에서도 이유를 불문하고 발견 즉시 죽임을 당한다.

피월려는 천살성의 소문을 익히 들어 알고 있다. 부모나 형제를 아무렇지 않게 죽여놓고 무엇을 잘못했는지 이해하지 못하는 자. 작은 노리개 하나가 가지고 싶어 일가족을 몰살하는 자. 인정과 마음이 텅 비어버려 무엇이라도 맞바꾸어 채우려는 자.

그들은 논리가 통하지 않는 상식 밖의 인간이다.

피월려는 마음속에서 피어나는 불안감을 느꼈다. 그러나 가도무가 그를 살렸으니 다시 죽이지는 않을 것이다.

'혹시라도 고문을 즐기는 건 아니겠지?'

이 정도의 고수가 고문하려 한다면 피월려로서는 아무것도 못하고 당하기만 한다. 마음대로 자결하지도 못할 것이다.

피월려가 섬뜩한 생각을 하는 사이 가도무가 작은 미소를 띠며 말했다.

"큭큭큭, 천살성이라니 무서우냐? 걱정하지 마라. 아마 안 죽일 거니까."

"……."

아마?

피월려는 왜 '아마'라는 단어만 이상하게 크게 들리는지 알 수 없었다.

가도무가 말을 이었다.

"그나저나 어쩌다가 그 위험천만하기 그지없는 극양혈마공을 익히게 된 것이냐?"

딴생각을 하던 피월려는 정신이 번쩍 들어 대답했다.

"아, 이 마공을 아십니까?"

"알다마다. 원로원에서 한때 엄청 시끌시끌했으니까. 그걸 시험 삼아 익히다가 죽어나간 놈 수십을 본좌가 직접 파헤쳐서 연구했었지. 그런 경험을 토대로 치료한 것이 아니었다면 네놈은 지금 살아 있는 몸이 아닐 것이야."

"그래서 저를 구해주실 수 있으셨군요. 사실 그 마공은 제가 원해서 익힌 것이 아니라 주어진 것입니다."

"주어졌다고?"

"예."

"흠……. 흥미롭군."

중얼거린 가도무는 깊이 생각하기 시작했다.

피월려가 물었다.

"저, 그런데 어떻게 저를 처음 발견하셨습니까?"

가도무는 인상을 찌푸리고는 투덜거렸다.

"오랜만에 본 교를 떠나서 나들이 좀 나왔는데 어떤 미친 후배 놈이 백도들이 득실거리는 낙양에서 사방 수 리에서도 감지할 만한 마기를 풍기고 있지 않은가? 가봤더니 익숙한 마공을 익히고 있어서 내 치료한 것이다. 뭐, 동병상련도 느꼈고 말이지."

언제부터 천살성이 동병상련이라는 말을 쓸 수 있었는가? 피월려는 고개를 갸웃하면서도 감정을 내색하지 않았다.

천살성이 동병상련을 느낄 리가 없다. 즉, 감정을 머리로 이해하는 천살성인 가도무가 말하는 동병상련이란 단순히 어떠한 동질감을 느꼈다는 것이고, 결국 마인이니까 구해주었다는 뜻이 된다.

하지만 어째서 마인이라는 이유로 구해주었을까? 같은 마인이라는 이유 하나만으로 목숨을 구해주는 것은 보통의 마인이나 떠올릴 수 있는 이유이지 절대 천살성의 이유가 될 수 없었다. 부모도 형제도 없는 그들이 단순히 같은 곳에 소속되었다고 무언가 도움을 줄 리가 없기 때문이다.

피월려가 말이 없자 가도무가 말을 덧붙였다.

"무슨 생각을 그리하는 게냐?"

"아, 아닙니다."

"아직도 내 의도가 의심스러운 것이냐?"

"솔직히 말하면 그렇습니다."

"으하하! 목숨을 살려주었더니 그 은인이 왜 나를 살렸는지 의심스럽다? 참으로 재밌는 놈이구나. 그래, 어디 소속이냐?"

"낙양지부입니다."

가도무의 표정이 괴기하게 일그러졌다.

"낙양지부? 북 장로가 미쳤구나. 낙양에 지부를 세워? 인원은 몇이고?"

"한 천오백 명쯤 됩니다."

"……"

"왜 그러십니까?"

"아니다. 천오백이나 되는 대인원으로 낙양에서 무슨 일을 벌일까 생각해 보았다. 그 정도 크기면 교주도 이 일을 알고 있을 게 뻔하지. 아니, 주도했을 것이야. 역시 여자이니 무식하게 힘으로 밀어붙이던 전 교주들과는 확실히 체제가 다르군. 그럼 거기 지부장은 누구냐?"

"……"

피월려는 말을 하려 했으나 곧 입술을 멈추고 침묵했다. 하나하나 지부에 대해서 정보를 묻는 것이 무언가 이상했기 때문이다.

그 모습에 가도무의 눈길이 날카로워졌다. 눈초리가 길게 파이며 눈동자에 스멀스멀 살기가 피어올랐고 그의 표정에서는 모든 감정이 사라졌다.

"오호라, 이제 네놈의 의심이 더 깊어졌구나. 대답하지 않겠느냐?"

피월려는 바짝 굳은 표정으로 마른침을 삼키고는 단호하게 거절했다.

"대답하지 않겠습니다."

가도무는 작은 웃음을 흘렸고, 그의 기세가 새벽안개가 걷히는 것처럼 서서히 옅어졌다.

"잘했다. 태생이 아니더라도 일단 본 교에 입교한 마인이면 본 교에 충성을 바쳐야 한다. 생명의 은인이라 할지라도 본 교의 정보를 그리 쉽게 주어서는 안 되는 것이다. 심지어 상명하복이라는 절대적 명령을 거스르는 한이 있더라도 말이다. 아니, 오히려 정보를 주는 것이 바로 상명하복을 거스르는 것이다. 상명하복의 상(上)의 진정한 의미는 단순한 직속상관이 아니라 천마신교 그 자체이니라."

"……"

사실 피월려는 그런 지혜를 갖고 대답한 것은 아니었다. 단지 가도무가 '명한다'라고 말하지 않았기에 나중에 그것을 핑계로 빠져나갈 여지가 있기에 대답을 거부한 것뿐이다.

그런 속도 모르고 가도무는 고개를 몇 번이나 끄덕이며 말을 이어나갔다.

"이런 상명하복의 진정한 의미를 깨달은 자는 태생마교인이라도 많지 않지. 눈앞의 명령에 생명을 내걸고 완수만 하는 인형은 절대로 머리로 올라설 수는 없는 법이니까. 상명하복을 능수능란하게 하는 놈이나 장로패라도 걸고 다닐 수 있다. 수완과 지혜는 인간 사회라면 어디서든 요구되는 것이니. 기특하구나. 난 성인이 되고 지금껏 혈기와 마기를 유지하기 위해 하루에 한 명은 꼭 죽였다. 네가 만약 지부장의 이름까지 내뱉었다면 네가 오늘의 제물이 되었을 것이야."

피월려는 다시금 긴장감을 느끼며 포권을 취했다.

"가르침에 감사드립니다."

"가르침이라? 큭큭큭, 시험이라 하는 것이 옳다. 가을인데도 불구하고 햇빛이 좋구나. 벌써 몸이 마르다니."

가도무는 그 자리에서 벌떡 일어나더니 이리저리 신체를 잡아당기고 늘리고 찢으면서 유연성을 자랑했다. 곧 그는 거친 발걸음으로 바위에서 내려와 옷을 입었다.

그러고는 어린아이의 엄지만큼 작은 검은색의 단환 몇 개를 꺼내더니 입속으로 털어 넣었다. 남은 하나를 피월려에게 주며 말했다.

"받아라."

얼떨결에 받으며 피월려가 물었다.

"무엇입니까, 이것이?"

"향을 맡으면 모르겠느냐? 마단이다."

가도무는 마단이라 말하면서 그 와중에도 강낭콩을 먹듯이 입속에 속속 집어넣었다. 피월려는 얼떨결에 받았지만 도저히 입속으로 가져갈 수가 없었다.

"마단이라 하심은 그 역혈지체를 인위적으로 이루게 해주는 그 단환 말씀이십니까?"

"인간이 먹으면 그렇다. 이미 역혈지체를 이룬 마인이 먹으면 상관없지. 맛있지 않느냐? 향도 좋고."

맛있다고 마단을 먹다니……. 피월려는 도저히 떨떠름한 표정을 감출 수 없었다. 그가 의심스러운 눈초리로 마단과 가도무를 번갈아 쳐다보았다.

"그렇다고 함부로 먹을 수 있는 건 아니지 않습니까. 극도로 집약된 마기가 담긴 마단을 그냥 섭취할 수는 없습니다."

"먹으래도. 이건 특별히 본좌를 위해서 본좌가 개빌에 낸 것이니까."

그래서 문제이다.

애초에 피월려의 몸에 어떤 영향을 미칠지 알 수 없지 않은

가. 피월려는 슬금슬금 눈치만 보다가 나지막하게 말했다.

"다음에 먹겠습니다."

"하! 나 참, 의심도 많은 녀석이구나. 일일이 다 설명해 줘야 먹겠느냐?"

"……"

"좋다. 그럼 내가 설명하기 전에, 애초에 네놈의 몸에 왜 마기가 침범하여 마성에 젖어들었느냐?"

"그건 저도 잘 모르겠습니다."

"모르긴 왜 몰라. 극양혈마공을 익힌 놈이 마성에 젖었으면 십중팔구 음기의 부재(不在) 때문이지. 마공 이름 자체가 극양이 들어 있는데 그것도 모르는 것이냐? 네 몸은 음기가 절대적으로 부족하여 음양의 조화가 무너져 그 틈새를 마기가 비집고 들어와 인성을 마비시킨 것이다. 폭주하기 전에 반나절 동안은 정신력의 소진과 함께 음기의 갈증을 심하게 느꼈을 텐데, 아니더냐?"

피월려는 고개를 갸웃했다.

"정신력의 소진과 음기의 갈증이라 하심은……"

"두통, 빈혈, 여자 생각, 술 생각, 뭐 이런 거 말이다."

있었다.

분명히 있었다.

"……"

"표정을 보니 아차 싶은가 보구나. 극음귀마공을 익힌 네 짝은 어디서 무엇을 했기에, 쯧쯧쯧. 그걸 술로 메웠으니 마기가 침범하지 않는 게 비정상이지. 가뜩이나 극양혈마공은 극양 중에서도 극양! 하루 이틀이라도 음양합일을 못하면 문제가 생기는 지독한 마공이지."

피월려는 아무런 말을 하지 못했다.

그는 지난밤 술과 여자 생각으로 머리가 가득했고, 간단한 논리적인 사고도 못할 정도로 정신이 피폐해졌었다. 다시금 주하의 일과 예화의 일이 머릿속에 떠오르자 그는 마음에서 무언가 찌릿한 느낌을 느꼈다.

피월려가 침묵하는 것을 못마땅한 표정으로 보던 가도무가 말을 이었다.

"그런 네 몸뚱어리를 치료할 때 본좌가 마기의 폭주를 잡은 건 그렇다 치고, 부족한 음기는 어떻게 채웠을 것이라 생각하느냐?"

"혹여 음공을 익히셨습니까?"

"그럴 것 같으냐?"

육중한 체격과 굵은 목소리, 그리고 산심승 같은 모습의 남자가 음공을 익혔을 리 만무하다. 피월려는 조금 머리를 굴렸고, 그의 손에 든 마단을 보았다.

"이 마단이 음의 기운을 담았나 보군요."

짝!

가도무가 손바닥을 치면서 호쾌하게 말했다.

"그렇다! 이 마단은 마에서 귀기를 덧입힌 것이지. 양기는 일절 찾아볼 수 없고 오로지 음기만으로 이루어진 마단이다."

"그래서 제게 주셨습니까?"

"내 알기론, 극양혈마공은 천마신교 내에 존재하는 모든 마공 중에 가장 양의 성질을 띤 것이다. 해가 떴으니 대기에 양기가 충만해지면 네놈은 다시 마성에 젖을 것이다. 그전에 먹으라는 것이다. 이제 이해가 가느냐?"

피월려는 고개를 끄덕이고는 마단을 모두 입에 털어 넣었다. 사실 가도무의 말을 모두 믿는 것은 아니다. 하지만 지금 이 상황에서 약자는 피월려였고, 생명의 값 또한 빚진 사람이기에 이 자리에서 가도무가 피월려를 죽인다 하여도 그가 할 수 있는 것은 아무것도 없었다.

입안의 향기를 느끼면서 맛을 음미하는데 순간 한 가지 생각이 뇌리를 스쳤다.

"뭐, 동병상련도 느꼈고 말이지."

"그걸 시험 삼아 익히다가 죽어나간 놈 수십을 본좌가 직접 파헤쳐서 연구했었지."

천살성이라 했다.

피월려는 피부에 소름이 끼치는 것을 느끼며 최대한 덤덤하게 마음을 다스리며 가도무에게 질문했다.

"아까 이 마단, 선배님께서 직접 제작하셨다 하지 않으셨습니까?"

"그렇다."

"그렇다면 선배님께서 이런 강한 음기를 지닌 마단을 만들어서 섭취해야 하는 이유는 무엇입니까?"

"본좌가 아까 말하지 않았느냐? 동병상련의 정을 느꼈다고. 내가 익힌 것은 본 교 마공의 독창성을 잘 나타내는 천살성 전용 내공 중 하나인 천살혈마공(天殺血魔功)으로 너의 것과 마찬가지로 양에 치중된 마공이다. 오랜 세월 마공이 고강해지면 고강해질수록 음양의 조화가 많이 뒤틀렸고, 여인에게 흡정대법을 펼쳐 음기를 훔쳐보았자 내 양기에는 새 발의 피니, 이렇게 음의 기운을 가진 마단을 제조하여 매일 섭취해야 한다."

"그런 점 때문에 극양혈마공을 익히다가 죽은 마인들을 연구하신 것입니까?"

"그렇다. 마교 내에 존재하는 양의 마공이란 마공은 모두 뒤적거렸지. 그러나 본좌가 할 수 있는 최선은 바로 이 마단을 제조한 것뿐이었다. 처음에는 한 알로도 한 달을 족히 버텼으나 지금은 하루에 서너 개를 먹어도 부족하니 절망적인 마음에 본 교를 떠나 여행하며 일말의 희망이라도 품는 것이지."

"……."

"네게 한 가지 더 묻고 싶은 것이 있다."

"질문하시지요."

"극양혈마공은 태생마교인이 익혀도 생명을 장담할 수 없는 매우 불안정한 마공이다. 그런데 그것을 후천적인 마인이 익힌다? 자살 행위지. 그런데 이렇게 멀쩡히 살아 있는 것을 보면 입문마공의 영향이 클 것 같은데, 입문마공을 무엇으로 익혔느냐?"

"입문마공이라 하시면? 처음 역혈지체를 이룰 때 배운 마공 말씀이십니까?"

"그렇다. 태생이 아니라면 입문마공의 영향은 지대하니 말이다."

"그것 역시 극양혈마공입니다. 제가 지금까지 배운 마공은 극양혈마공밖에 없습니다."

가도무는 믿을 수 없다는 표정을 지었다.

"뭐라? 그런 미친 짓을? 정녕 극양혈마공을 입문마공으로 익힌 것이더냐?"

그의 반응을 본 피월려는 마음이 씁쓸해졌다.

"제가 첫 번째라는 말을 듣기는 했습니다만."

"아까 전에 분명히 주어졌다 했지? 그렇다면 누군가 네놈의 몸에 실험한 것이군. 극양혈마공도 입문마공이 될 수 있는지 없는지를……. 나보다 더한 놈이 있을 줄이야……."

가도무는 시선을 땅으로 가져간 채로 한동안 말없이 고뇌했다.

피월려가 조용히 기다리는 가운데, 가도무가 갑자기 소리쳤다.

"시험해 봐야겠다!"

"예?"

"네 몸뚱이 말이다."

"……."

가도무의 얼굴에서 표정이 점차 연해지더니 연기처럼 사라졌다. 곧 아무런 감정이 없는 천살성 본연의 얼굴이 되었다.

차갑지도 뜨겁지도 않은 표정.

차가우면서 뜨거운 눈동자.

폭포의 전경과 새벽하늘이라는 한 폭의 그림에 부자연스러운 이질감과 미묘한 어긋남.

피월려는 그것을 보고 다시 한번 확신이 들었다.

천살성이 어찌 사람을 구하는가?

그들의 이유는 다른 사람이 생각할 수 있는 것과는 완전히 다르다. 천살성이 사람을 구하는 이유는 그것이 자신에게 이득이 되기 때문이지 그 외에는 어떠한 것도 이유가 될 수 없었다.

가도무는 음양의 조화가 흐트러진 몸을 보완하고자 마교 내 양의 마공을 모조리 연구한 사람이다. 그런데 마공 중에서도 양의 편중이 가장 심한 마공인 극양혈마공을 익힌 살아 있는 싱싱한 놈이 눈앞에 있는 것이다.

이보다 더 좋은 실험 재료가 어디 있단 말인가?

단순히 재료가 되려고 지금껏 살아남았을 리가 없는 피월려가 한숨을 내뱉으며 말했다.

"빨리 시작합시다."

가도무는 자리에서 일어나더니 왼손을 들어 수염을 쓸며 말했다.

"역시 예상대로 재밌는 녀석이군."

가도무는 손바닥을 곧게 뻗어 피월려의 얼굴로 향했다.

『천마신교 낙양지부』 3권에 계속…

초대형 24시 만화방

신간 100%, 샤워실, 흡연실, 수면실(침대석), 커플석, 세탁기 완비

▪ 시흥 정왕25시점 ▪

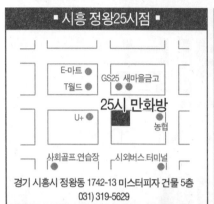

경기 시흥시 정왕동 1742-13 미스터피자 건물 5층
031) 319-5629

▪ 강북 노원역점 ▪

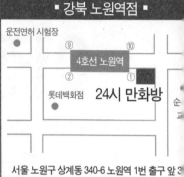

서울 노원구 상계동 340-6 노원역 1번 출구 앞 3
02) 951-8324 (화용빌딩 3층)

▪ 일산 정발산역점 ▪

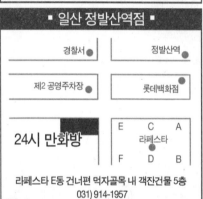

라페스타 E동 건너편 먹자골목 내 객잔건물 5층
031) 914-1957

▪ 일산 화정역점 ▪

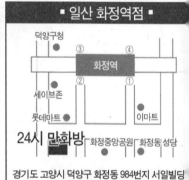

경기도 고양시 덕양구 화정동 984번지 서일빌딩
031) 979-4874 (서일사우나 건물 7층)

▪ 부천 역곡역점 ▪

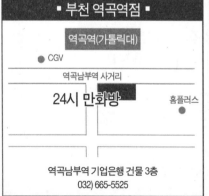

역곡남부역 기업은행 건물 3층
032) 665-5525

▪ 부평역점 ▪

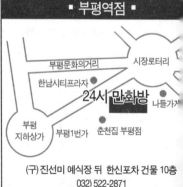

(구) 진선미 예식장 뒤 한신포차 건물 10층
032) 522-2871

이경영 판타지 장편소설

FANTASY FRONTIER SPIRIT

그라니트

용들의 땅

GRANITE

사고로 위장된 사건에 의해 동료를 모두 잃고 서로를 만나게 된 '치프'와 '데스디아'.
사건의 이면에 상식을 벗어난 음모가 있음을 알게 된 둘은
동료들의 죽음을 가슴에 새긴 채 각자의 고향으로 돌아간다.
2년 후, 뜻하지 않게 다시 만난 두 사람은 동료들의 복수를 위해
개척용역회사 '그라니트 용역'을 설립해 다시금 그 땅을 찾게 되는데……

용들이 지배하는 땅 그라니트!
그곳에서 펼쳐지는 고대로부터 이어지는 운명적 만남,
깊어지는 오해, 그리고 채워지는 상처.

『가즈 나이트』시리즈 이경영 작가의 미래형 판타지 신작!

Book Publishing CHUNGEORAM

유행이 아닌 자유추구 -
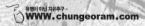
WWW. chungeoram.com

이계진입

리로디드

임경배 퓨전 판타지 소설

FUSION FANTASTIC STORY

『권왕전생』임경배의 2015년 신작!

『이계진입 리로디드』

왕의 심장이 불타 사라질 때,
현세의 운명을 초월한 존재가 이 땅에 강림하리라!

폭군으로부터 이세계를 구원한 지구인 소년 성시한.
부와 명예, 아름다운 연인…
해피엔딩으로 이야기는 끝인 줄 알았건만
그 대가는 지구로의 무참한 추방이었다.
그리고 10년 후…….

"내가 돌아왔다! 이 개자식들아!"

한 번 세상을 구한 영웅의 이계 '재'진입 이야기!

Book Publishing CHUNGEORAM

유행이 아닌 자유추구—
WWW. chungeoram.com

GAME BALL

게임볼 설경구 장편소설
FUSION FANTASTIC STORY

무명의 야구인이었던 남자,
우진이 펼치는 야구 감독으로서의 화려한 일대기!

『게임볼』

"이 멤버로 우승을 시키라고?"

가상 야구 게임,
게임볼을 통해 인생 역전을 꿈꾸는

한 남자의 뜨거운 행보에 주목하라!

Book Publishing CHUNGEORAM

유행이 아닌 자유추구 -
WWW.chungeoram.com